D E M O N

제일좌

B L O O D

FANTASY FRONTIER SPIRIT
홀로선별 판타지 장편 소설

게임좌 4

홀로선별 판타지 장편 소설

초판 1쇄 찍은 날 § 2012년 2월 24일
초판 1쇄 펴낸 날 § 2012년 2월 29일

지은이 § 홀로선별
펴낸이 § 서경석

편집부장 § 권태완
편집책임 § 어정원

펴낸곳 § 도서출판 청어람
등록번호 § 제1081-1-89호
등록일자 § 1999. 5. 31
어람번호 § 제1-1344호

주소 § 경기도 부천시 원미구 심곡2동 163-2 서경B/D 3F (우) 420-822
전화 § 032-656-4452 팩스 § 032-656-4453
http://www.chungeoram.com
E-mail § chungeoram@chungeoram.com

ⓒ 홀로선별, 2011

ISBN 978-89-251-2788-0 04810
ISBN 978-89-251-2647-0 (세트)

청어람

DEMON

FANTASY FRONTIER SPIRIT

홀로선별 판타지 장편 소설

④ 제일좌 [완결]

BLOOD

CONTENTS

Chapter 01
작전

1

비록 이름은 살벌했지만 마로는 어째서 이 호텔이 그렇게 유명한 것인지 충분히 실감할 수 있었다. 이곳은 그야말로 최고의 시설과 다른 곳에서는 쉽게 경험하기 힘든 서비스로 손님들을 사로잡았다.

"오늘 저녁에 이 호텔 로비에서 작은 파티가 있어요. 그때 그녀에게 접근하시면 될 거예요."

"파티? 하지만 난 파티에 참석해 본 적이 없는걸."

루나의 말에 마로의 얼굴이 급속히 일그러졌다.

"설마 춤을 전혀 못 추신다는 것은 아니겠죠?"

"어릴 때 돌아다니면서 구경한 적은 있었지만 내가 춰본 적은 한 번도 없어."

"네에? 어, 어떻게 그럴 수가……. 당신 샹그레인 왕국 사람 맞아요?"

본래부터 샹그레인 왕국 사람들은 워낙 춤과 노래를 즐기기 때문에 루나는 이처럼 놀라는 것이다. 하지만 마로는 어릴 때부터 살아남기 위해 일분일초도 허튼 곳에 쓸 수 없었던 사람 아니던가. 그런 그가 춤을 전혀 출 수 없는 것은 오히려 더 당연한 일이었다.

"꼭 춤을 잘 추어야 한다는 법은 없잖아? 난 춤이나 배울 만큼 한가한 사람이 아니었거든."

"하긴……. 그 나이에 그 정도 검술을 연마하려면 당연했겠지요. 좋아요. 파티에서 꼭 춤을 추어야 한다는 법도 없으니까요. 꼭 춤이 아니더라도 다른 것으로 그녀를 사로잡으면 되겠죠. 예를 들어 파티에 어울리는 예법과 당신만이 가지고 있는 매력으로 승부를 건다든지 하는……."

"어렵군. 그런데 그렇게 꼭 그녀를 사로잡아야 하나? 다른 방법도 많을 것 같은데 말이야."

"더 좋은 방법이 있으면 말씀해 보세요."

루나의 말에 마로는 할 말을 잃고 말았다. 지금 자신들에게는 무엇보다 시간이 부족했다. 아무리 철저하게 비밀을 지키려 해도 결국 그리티안 공녀의 죽음은 알려질 것이고 그것은 곧 전쟁을 의미했다. 일단 전쟁이 터지면 그땐 늦는 것이다. 그 전에 무슨 수를 써서라도 시간을 벌어야 한다. 그리고 지금 페이샤마인 그녀만이 유일한 희망이라 할 수 있었다.

"으음……. 더 좋은 방법은 떠오르지 않는군."

"그렇다면 그냥 제 말대로 따르세요. 제가 조사한 바에 의하면 워낙 주변에 그녀의 환심을 사기 위해 남자들이 들끓는다고 해요. 때문에 평범한 방법으로 접근한다면 이야기 한마디 못하고 물러서야 할 게 뻔해요. 만일 당신이 춤에 일가견이 있었다면 이야기는 쉬워졌겠지만 전혀 출줄 모른다 하니 뭔가 충격적이면서도 효과적인 방법을 찾아봐야 할 것 같아요."

"충격적인 방법?"

이야기가 진행될수록 마로는 루나에게 집중했다. 그녀의 이야기가 워낙 흥미로웠기 때문이다. 아니, 흥미가 문제가 아니라 지금은 그녀의 말이 중요한 문제 해결의 유일한 실마리였기에 더욱 그랬다.

"현재의 당신이 가장 잘하는 것이 뭐죠? 자신있는 것으로 말해보세요."

"잘하는 것이라……. 글쎄? 뭐가 있을까……. 아 맞다! 칼질은 자신있다… 만……. 으흠……."

마로는 곰곰이 고민을 하다가 갑자기 얼굴 표정이 환해져서 칼질이라고 소리쳤다가 루나의 안색이 급격히 어두워지는 것을 발견하고는 결국 다 기어들어 가는 목소리로 말을 끝마쳤다. 칼질을 아무리 잘한다 한들 그것으로 여자 마음을 사로잡을 수 없다는 점을 불현듯 깨달은 것이다.

"휴우……. 처음 생각보다 어려울 것 같다는 기분이 들긴 하지만 일단 당신이 자신있어 하는 칼질에 초점을 맞춰 보죠. 어디 보자……. 어떤 수가 있을까……."

루나가 한손으로 턱을 괴고 또 다른 한손으로는 테이블을 톡톡 치며 잠시 생각에 잠겨 들었다. 그러자 마로는 그런 그녀를 아무 생각 없이 바라보다가 문득 그녀의 속눈썹이 꽤나 길고 아름답다는 것을 깨달았다.

"아무리 생각해도 어쩔 수 없네요. 가장 고전적인 수법을 쓰는 수밖에……."

"고전적인 수법?"

"네. 배우들은 제가 수배해 볼게요. 상대가 상대인만큼 아무나 시킬 수는 없으니……."

"그게 대체 무슨 소리? 배우가 왜 필요한데?'

루나가 이야기를 이어나갈수록 영문을 몰라 마로의 표정은 멍청해져 갔다. 도무지 그녀가 무슨 말을 하는지 알 수가 없었던 것이다.

"칼질이 가장 자신있다면서요?"

"그런데?"

"그렇기 때문에 배우가 필요한 거예요. 페이샤마인 그녀를 납치하기 위해 등장한 괴한들 역할이죠. 이제 대충 알겠어요?"

"그녀를 납치한다고? 그, 그건 너무 과격한 방법 아닐까? 아무리 그래도 그건 아니야!"

마로가 자신의 말뜻을 전혀 이해하지 못하고 이렇게 오버하자 루나의 입에서 자신도 모르게 긴 한숨이 흘러나오고 말았다. 이 사람은 무척이나 똑똑한 줄 알았는데 이처럼 간단한 수법조차 이해하지 못하는 듯하여 답답했던 것이다. 하지만 그녀는 곧 그가 멍청한 게 아니라 그만큼 순수해 그렇다는 점을 상기하고는 마음을 가라앉혔다.

"누가 납치한대요? 납치할 것처럼 연극만 할 거라고요. 제가 고용한 배우들이 그녀를 납치할 것처럼 위협할 때 당신이 나타나 그녀를 구하게 되면 그녀와의 관계가 훨씬 쉽게 가까워질 거라고요. 내 말뜻 알겠어요?"

"아……. 그런 뜻이었군. 하지만 그녀의 호위 기사들도 보통이 넘을 텐데 그게 가능하겠어? 자칫 어설프게 하다가는 그 배우들이 먼저 죽을 지도 모른다고."

"그런 것은 걱정하지 마세요. 저에게도 충분히 믿을 만한 사람들이 있으니까요. 당신은 그저 적시에 나타나서 그들을 물리치는 척하면서 페이샤마인에게 접근만 하면 되요. 그리고 당신 말대로 그녀의 호위 기사들은 확실히 보통이 아니에요. 대충 하면 연극인 것이 금방 탄로 날지도 모르니 조심해야 할 거예요."

"그런 문제라면 내 걱정은 하지 않아도 된다. 나도 연기라면 꽤 하거든."

마로는 훨씬 어렸을 때부터 연극이라면 이골이 난 사람이다. 그것도 보여주기 위한 연극이 아니라 생존을 위해서 했던 것이라 더욱 그럴싸했다. 그리고 그런 재주는 쉽게 사라지는 것이 아니었기에 그가 이런 자신감을 보이는 것도 결코 무리는 아니었다.

"좋아요. 그렇다면 결정난 거니 어서 서둘러 준비해요. 생각보다 시간이 별로 없어요. 저는 지금부터 시나리오를 짜고 가장 중요한 역할을 해줄 사람을 찾아볼 테니 당신은 어떻게 하면 페이샤마인의 마음을 쉽게 사로잡을 것인지 그것을 더 연구해 보세요."

"그거 재미있겠는데? 납치라면 내가 일가견이 있는데 나도 끼어주면 안 될까?"

루나가 이렇게 결론을 내리고 나가려는 찰나 갑자기 한쪽

구석에서 검은 그림자가 스윽 일어나더니 뜬금없이 참견을 하였다.

"어머나, 아울라 부총수님!"

"진작 오셨으면 아는 체부터 하시지, 어린애처럼 그 구석에서 뭐하셨습니까?"

놀라는 루나에 비해 마로는 이미 그의 출현을 미리 알고 있었던 것처럼 태연하게 입을 열었다.

"청춘 남녀가 은밀하게 함께 있으니 재미있는 구경거리라도 생길 줄 알았지요. 설마 우리 신임 총수께서 이리도 재미없는 사람인줄 알았으면 진작 나왔을 것입니다. 허허……."

"지금 바쁘니 그런 농담은 나중에 하세요. 그런데 부총수님께서는 정말 이번 일에 동참해 주실 건가요? 부총수님이라면 납치하다가 당하는 역할을 더욱 실감나게 하실 수 있을 것 같긴 해요. 일단 안심해도 되는 실력을 가지고 계시니까요."

"물론이다. 하지 않을 것이면 말도 꺼내지 않았을 게다."

아울라는 마로를 제외하고는 누가 되었든 말을 놓았다. 당연한 것이 그는 나이가 워낙 많은 데다가 실력이 엄청나서 하대하는 습관이 몸에 배어 있었던 것이다. 그리고 그의 이런 하대에 대해 루나는 전혀 반감을 느끼지 못했다. 그녀 역시 아울라가 얼마나 대단한 사람인지 잘 알고 있었기 때문이었다.

"좋아요. 그렇다면 부총수님과 몇몇 사람만 더 추가해서 일을 진행하기로 해요. 두 분이 함께 손발을 맞춘다면 저도 안심이 될 것 같네요."

"알았다. 그럼 어서 시작해 보자."

그녀의 결론에 마로가 흔쾌히 승낙하자 루나는 그런 그와 아울라에게 살짝 미소를 보이더니 순식간에 그 자리에서 사라져버렸다. 저녁이 되기 전에 모든 준비를 끝내려면 어서 서둘러야 하는 것이다.

2

기사 노렌조는 소위 말하는 일급 기사이다. 올해 나이 서른 다섯 살이 된 그는 나이에 비해 조금 더 들어 보였다. 가끔이라도 웃거나 농담을 즐긴다면 약간은 어려 보일 수도 있었겠지만 워낙 과묵하고 신중한 성품을 지녔기에 들어 보일 수밖에 없었다. 그리고 그가 가진 이런 성품 덕에 그는 최근 괜찮은 일자리를 얻을 수 있었다. 바로 샹그레인 왕국의 이인자라고 할 수 있는 베니무슈 공작의 눈에 띠는 바람에 그의 수양 딸 호위 기사 대장이 될 수가 있었던 것이다.

비록 호위 기사 대장이라지만 그의 나이에 그 정도면 상당히 빠른 출세였다. 공작가의 일반 기사단의 단장과 맞먹는 자리이니 말이다.

"잘 들어라. 다들 알다시피 오늘 저녁 공녀님께서는 가까운 지인분들과 함께 작은 파티를 주최하신다. 그게 무슨 뜻인지 알겠나?"

"……."

평상시보다 더욱 진지한 얼굴로 노렌조가 이렇게 입을 열자 그의 수하 기사들은 잠시 고개를 갸웃거렸다. 노렌조가 어째서 저런 말을 하는지 그 의도가 헷갈렸기 때문이다.

"멍청한 놈들! 비록 소규모라 하더라도 우리 왕국 최고 미인이신 공녀님께서 주최하는 파티다. 보나마나 그 소문을 들은 온갖 귀족 청년들이 우르르 몰려올게 뻔하다는 말이지. 즉, 그 이야기는 오늘밤 우리들은 다른 날보다 훨씬 철통같은 경호를 해야 함을 뜻한다는 말이다. 이제 알겠나?"

"알겠습니다!"

그냥 더 열심히 경호하자고 한마디 하면 될 것을 노렌조는 이처럼 어렵게 설명했다. 수하들은 불만스러웠지만 그렇다고 따질 수도 없는 노릇인지라 그저 힘차게 대답을 할 수밖에 없었다.

"이제 곧 공녀님께서 나오실 것이니 모두 준비해라!"

"네!"

비록 잔소리도 심하고 이렇게 엉뚱한 면도 있는 노렌조였지만 어쨌든 일에 관해서는 그 누구보다도 철저하고 열심이었다.

그리고 그런 그와 그의 수하들의 호위를 받으며 마침내 페이샤마인은 자신의 저택을 나와 호텔로 향했다. 저택에서 호텔까지 거리는 불과 5킬로미터 밖에 되지 않았지만 그들의 행렬은 꽤나 거창했다. 당연한 것이 그녀는 단순한 호텔 주인이 아니고 대공작가문의 딸이기도 하지 않은가.

"오늘은 날씨도 좋아 파티를 할 무렵쯤엔 아름다운 별이 보이겠구나."

"그러게요, 아가씨. 겨울 날씨 치고는 그다지 춥지도 않은 것 같아요."

이동하는 마차의 커튼을 열고 페이샤마인이 이렇게 말을 하자 그녀의 시녀가 말을 받았다. 그녀의 말대로 확실히 오늘은 다른 날에 비해 날씨가 따뜻했다. 그래서 그런지 마차를 모는 마부는 다른 때보다 더욱 느긋하게 말을 몰아갔다. 여러모로 평화로운 풍경이었다. 그런데 그렇게 마차가 막 성의 중심부로 들어서려던 찰나,

히이이잉~!

"워워~ 멈춰라. 이놈들이 갑자기 왜 이러지?"

"무슨 일인가요, 젠신 아저씨?"

갑자기 마차를 이끌던 말들이 앞발을 들어 올리며 마구잡

이로 울어댔다. 그러자 마부는 말들을 진정시키기 위해 안간힘을 쓰기 시작했고 페이샤마인의 시녀는 당황한 얼굴로 그런 마부를 불러서 상황을 물어보았다.

"모두 주위를 경계하라!"

"네!"

뿐만 아니라 노렌조와 그의 기사들은 재빠르게 마차를 빙 둘러싸며 주변을 살펴보기 시작했다. 그야말로 성문 바로 근처에서 돌발 상황이 벌어진 것이다.

"젠신, 말에게 무슨 일이 일어난 것이냐?"

"그, 그게 누군가가 길에 쇠못을 뿌려 놓은 모양입니다."

"쇠못을 뿌렸다고? 이런 미친……. 다들 잘 들어라. 아무래도 조짐이 예사롭지 않다! 더욱 조심해서 움직여라. 호텔에 도착하기 전까지는 절대 긴장을 늦추지 마라!"

"네! 대장님!"

베니무슈 공작의 성은 그 규모가 엄청나다. 때문에 누군가가 길거리에 쇠못을 뿌렸다면 그것이 꼭 공녀를 노리고 한 짓이라고 결론짓기는 힘들다. 하지만 노렌조는 큰 목소리로 이렇게 지시했다.

그런데 바로 그때…….

"클클클… 페이샤마인 공녀에게는 사냥개보다 충실하고 끈질긴 호위 기사가 있다고 하더니 그 말이 틀린 말은 아닌 모양이로군. 다른 것은 몰라도 시끄러운 걸로 봐서는 확실히 사냥개를 닮았어."

"우하하하! 어르신의 말씀이 옳습니다. 저런 몸집으로 계집애처럼 시끄럽게 떠들다니……. 정말 덩치가 아까운 녀석입니다."

도무지 어디서 들려오는 소리인지 알 수 없는 괴상한 목소리가 노렌조를 비롯한 기사들을 비웃기 시작했다.

"누구냐! 숨어서 허튼소리 지껄이지 말고 당장 나와라!"

"쯧쯧, 우리가 나가면 네놈들은 모두 죽을 지도 모르는데… 그래도 나가기를 원하느냐?"

"무슨 개소리! 겁이 나서 숨어서 지껄이는 주제에 별소릴 다 하는구나. 어디 그래, 나와서 우릴 죽여 보아라! 그렇지 않으면 우리가 곧 네놈들을 찾아내서 치도곤을 낼 것이다."

"……."

로젠조가 큰 목소리로 이렇게 외치자 갑자기 사방이 쥐 죽은 듯이 고요해졌다. 방금 전에 떠들던 자들조차 그의 말에 정말 겁을 먹은 듯 아예 숨소리도 들리지 않는 것이다. 하지만 이런 고요함이 묘하게 기사들의 마음을 무겁게 만들었다.

딸깍……

"대체 무슨 일인가요? 감히 베니무슈 공작님의 성안에서 겁없이 나를 노리는 괴한들이라도 나타난 것인가요?"

"나오지 마십시오, 아가씨. 겁을 상실한 미친놈들이 까불다가 도로 사라진 것 같긴 합니다만 행여 그놈들이 암습이라도 할지 모르니 나오시는 것은 위험합니다. 도로시, 무엇하느냐. 어서 아가씨를 모시고 마차 안으로 들어가라!"

"네, 대장님. 아가씨, 어서 들어가세요."

게다가 밖에서 일어난 일에 대해 호기심이 발동한 것인지 결국 페이샤마인이 슬쩍 마차 문을 열고 내리며 노렌조에게 말을 걸었다. 그러자 그는 당황한 얼굴로 곧장 그녀에게 다시 들어가기를 종용했다. 아주 사소한 위험에도 그녀를 노출시킬 수는 없는 것이 그의 평소 신조인만큼 당연한 조치였다.

"거 이런 미녀는 다 같이 보며 즐겨야지, 도로 들어가게 하면 쓰나. 과연 우리 왕국의 삼대 미녀 가운데 한 명이라더니 소문대로군. 이봐, 아가씨. 내가 아가씨에게 최고의 재미를 선사해줄 의향이 있는데 같이 가는 게 어때?"

"꺄아~! 다, 당신은 누구?"

하지만 그녀가 다시 마차로 들어가려 할 때 마치 귀신처럼 누군가가 마차 문 앞에 나타나 하얀 이를 드러내며 씨익 웃더니 그녀를 바라보며 이렇게 말을 건네는 것 아닌가. 평상시 그렇게 냉정하고 도도했던 페이샤마인이었지만 이렇게 귀신처럼 등장한 무서운 인간을 발견한 순간, 기겁을 해서 소리를 지르지 않을 수 없었다.

창백할 정도로 하얀 얼굴에 하얀 백발을 가지런히 올백으로 넘긴 늙은 인간. 하지만 그냥 늙은이라고 대수롭지 않게 여기기엔 이 노인네가 가지고 있는 분위기가 살벌해도 너무나 살벌했다.

그는 존재하는 자체만으로도 보는 이들의 소름을 돋게 만들 만큼 무서운 분위기를 뿜어내고 있었던 것이다.

3

처음 성에 도착했을 때만 해도 완전히 오합지졸에 가까웠던 자들이었다. 때문에 괜히 밥값만 나가는 것이 아닐까 싶은 고민을 할 정도였다. 그랬는데 그런 그들이 겨우 한 달여 만에 뭔가를 보여주겠다며 성주인 자신을 청하자 루테민은 고개를 갸웃거리며 연병장으로 나가기 시작했다.

"그들이 무엇을 보여주겠다는 것이오?"

"아시다시피 그들은 지난 한 달여 동안 마로님께서 지시해 놓은 대로 훈련장을 만들어서 훈련에 임한다고 숨어 있지 않았습니까? 그동안 대체 어떤 훈련장을 만들어서 훈련을 했는지는 저 역시 알 수가 없습니다. 물론 가끔 병사들을 보내서 그들의 훈련 상황을 보고 오게 하긴 했습니다만 그다지 특별한 것은 없었다는 보고만 받아서요."

연병장으로 걸어가는 동안에도 호기심을 억누르기 힘들었는지 루테민은 현재 성안에서 폭풍 기사단장 겸 훈련 총대장으로 근무 중인 레이몬드 경을 보며 이렇게 물어보았다. 아무래도 성안의 중요한 일들은 레이몬드 경이 총괄하고 있기 때문에 그는 뭔가 알 것이라고 판단한 모양이었다. 그러나 레이몬드 경 역시 그들에 대해서만큼은 아는 것이 그다지 많아 보이지 않자 약간은 실망스러운 표정으로 한마디 했다.

"뭐 어쨌든 가보면 알겠지요. 마로의 말에 의하면 비록 약탈자 출신들이지만 한때는 내놓으라 했던 기사였다니 우리가 모르는 특별한 훈련법 하나쯤은 알고 있을지도 모르지요. 그래서 그들이 강해졌다면 그건 정말 좋은 일 아니겠어요?"

"물론입니다. 그들의 과거가 어떠했든 이미 성주님께 진심으로 충성을 맹세한 자들인만큼 그들 역시 강군이 되어야 합니다. 지난 한 달 동안 단 한 건의 민원도 그들로 인해 들어온 것은 없었습니다. 그것만 봐도 그들의 충성은 믿을 만하다고 생각합니다."

대화의 내용으로 보아 지금 연병장에서 루테민을 만나려고 기다리는 자들은 바로 몰라우 약탈자 무리인 것 같았다. 무려 이천여 명이나 되는 그들은 마로가 베니무슈 성으로 떠나고 난 직후 곧바로 특수 훈련에 돌입한 바 있었다. 그것은 모두 마로의 지시에 의한 것이라고 하는 바람에 루테민 역시 그들의 훈련을 기꺼이 승낙했었다.

그리고 약속한 한 달이 되자 이처럼 훈련 성과를 보여 주겠다는 것이니 약간의 기대감이 생길 수밖에…….

"내 생각도 그렇소. 자, 이제 다 왔구려. 어디 일단 부딪혀 봅시다."

"네, 성주님."

대화를 나누는 사이 어느덧 그들은 연병장 입구에 도착했다. 그곳에서 바라본 연병장에는 그야말로 엄청난 병력들이 집결해 있었다. 훈련에서 막 돌아온 몰라우 부대들 역시 지금은 모두 헤이슈만 백작군의 정복을 입고 있었기에 그 위용이 더욱 대단해 보였다. 그리고 그들 외에 기존 백작군들까지 집결해 있어서 연병장은 그야말로 엄청난 군기가 하늘을 찌르고 있었다.

"성주님께서 나오십니다. 일동 차렷!"

처처척!

"성주님을 향하여~ 받들어~ 검!"

"충~ 성!"

좌르르르르~! 좌악!

그리고 곧 몰라우 대장의 입을 통해서 인사가 이루어졌는데 그 모습이 그야말로 장관이었다. 무려 이천 명이나 되는 병사들이 마치 한 명인 듯 똑같은 동작과 똑같은 목소리로 충성을 외치자 루테민은 온몸에 짜릿한 감동을 맛볼 정도였다.

"와~ 정말 멋져요, 오라버니."

"미유리도 왔구나. 잘 왔다. 어서 내 옆으로 와라."

"네."

이제는 공식 성주인만큼 미유리도 공식석상에서는 루테민에게 깍듯이 예의를 지켰다. 그녀는 오늘의 행사에 참가하기 위해 정장을 차려입고 나왔는데 그 모습이 어찌나 아름다운지 모든 남성들은 그녀를 보는 순간, 숨이 다 막힐 지경이었다.

"모두 쉬어."

"쉬어!"

촤르르르르…….

그렇게 거창한 인사가 끝나자 루테민은 곧 단상으로 천천히 걸어 나가더니 입을 열었다.

"몰라우 대장."

"네! 성주님!"

"오늘 열병식은 그대와 그대 부대원들의 달라진 모습을 보여 주기 위함이라는데……. 그 말이 맞는가?"

"맞습니다! 저희가 비록 한때는 나쁜 짓을 일삼던 무리였
지만 지금은 모두 성주님의 은혜 덕에 개과천선을 해서 대혜
이슈만 영지군이 된 몸입니다. 그런 만큼 그에 합당한 자들이
되기 위해서 지난 한 달 동안 모두 함께 노력해 왔습니다. 아
직은 많이 부족하지만 이제는 저희들도 당당하게 자랑스러운
영지군임을 입증하고 싶어 이 자리를 마련했습니다. 부디 직
접 보시고 평가해 주십시오."

"좋다. 그대들의 훈련성과를 마음껏 펼칠 것을 허락하노
라!"

"감사합니다! 모두 들었나? 성주님께서 허락하셨다. 모두
훈련 대형으로!"

"훈련 대형으로!"

"와아아아~!"

우르르르……. 척척!

그렇게 시작되었다. 한때는 선량한 농민으로 살다가 너무
도 가난해서 약탈자가 될 수밖에 없었던 그들이 이제는 누가
봐도 부러울 만큼 멋진 군복을 입고 힘차게 연병장 사방으로
퍼져나갔다.

한 달이라는 기간은 그리 긴 시간이 아니었지만 이들은 그
야말로 목숨을 걸고 훈련에 임했던 만큼 자신이 넘치고 있었
다. 그래서 그런지 이들의 함성은 우렁찼으며 검과 창을 놀릴

때는 그 기세가 대단해 보였다.

"어허……. 저들이 정말 한 달 전에 거지꼴로 우리 영지에 왔던 그 오합지졸 약탈자들이란 말인가? 어떻게 저렇게 달라질 수가……. 정말 놀랍구나."

"그, 그러게 말입니다. 이건 정말 상상 이상입니다. 비록 아직 아주 뛰어난 실력자가 많아 보이지는 않습니다만 병사들의 움직임으로 보아 어디 내놓아도 손색이 없는 정예군이 된 것은 확실합니다. 대체 무슨 훈련을 했기에 그 짧은 시간에 저리도 달라졌는지 놀랍기만 합니다."

루테민은 물론 꼬장꼬장하기로 유명한 레이몬드 경까지도 눈이 커다래져서 이렇게 감탄을 했다. 당연한 것이 병사들의 훈련 성과라는 부분은 어느 정도 한계가 있게 마련이다. 그러니 겨우 한 달 가지고 일반인에 가까웠던 자들을 정예군으로 돌변시킨다는 것은 거의 기적에 가까운 일이라 할 수 있었다. 이 점을 잘 알기에 더욱 놀라고 있는 터였다.

하지만 마로가 몰라우에게 무엇을 해준 것인지를 안다면 오히려 마로가 더욱 대단하다고 여겼을 것이다.

'휴우……. 정말 우리 보스께서는 알수록 날 놀라게 하시는구나. 어떻게 그런 마법의 포션을 겨우 하찮은 우리들에게 공급해 줄 수가 있었을까? 그것도 다섯 통이나……. 그런 신비한 마법 포션을 마셔가며 훈련을 했으니 달라지지 않으면 그게 더 이상하겠지. 나 역시 겨우 한 달 만에 소드 익스퍼트 중급 수준을 벗어날 정도로 급성장을 했으니 말이야.'

놀랍게도 마로는 몰라우와 그의 수하들을 영지군으로 편입할 계획을 세우면서 그들의 훈련까지도 신경을 쓴 것이다. 그것도 그냥 신경을 쓴 것이 아니라 마니커스의 샘물까지 몰래 공급해 준 모양이었다. 그 외에는 아무도 모르는 그 샘물을 무려 다섯 통이나 준비해 놓고 그곳에서 훈련을 하게 했으니 이들이 모두 달라질 수밖에.

아무리 위험하고 힘든 훈련을 해도 겁날 게 없는 이상 적극적으로 뛸 수 있었을 것이다. 행여 다쳐도 곧바로 낫게 해주는 마법의 포션이 있는데 무엇이 걱정이었겠는가. 그 정체를 전혀 모르는 몰라우는 마로가 자신들을 위해서 엄청난 거금을 들여 마법의 포션을 구해준 것이라 믿고 있었다.

'그것뿐인가. 후후. 그분이 알려주신 진법은 또 어떤가. 트라이앵글 진법 말이지…… 후후……. 이제 그것을 선보일 차례다.'

마니커스의 샘물과 함께 마로가 몰라우에게 준 것은 바로 군대가 나가고 물러서는 법을 담은 현묘한 진법이었다. 삼각형의 틀을 기본으로 해서 움직이는 이런 진법을 익히면서 그와 그의 수하들이 경험한 놀라움을 이제 이곳에 모인 많은 사람들에게도 보여줄 것이다.

"모두 트라이앵글 진을 준비하라!"

"트라이앵글 대형으로 헤쳐모여!"

"와아아아~!"

처척! 척척!

그렇게 헤이슈만 영지군은 불과 한 달만에 엄청난 실력으로 무장되어 있었다.

이날 몰라우 약탈자들에 의해 받은 충격으로 레이몬드 경은 물론 루테민까지 나서서 영지군을 업그레이드하는 데 온 신경을 집중하기 시작했으며 그로 인해 그들은 점점 더 강해져 가기 시작했다.

4

"간단하게 말하겠다. 이 시끄러운 계집애를 두고 모두 사라져라. 그렇지 않으면 크게 후회할 것이다."

"미친 늙은이! 모두 공녀님을 보호하고 저 늙은이를 잡아라!"

"네!"

채엥~

생긴 모습과는 달리 백발의 노인네는 얄미울 정도로 유들유들하게 말을 했다. 그것도 페이샤마인의 쭉 뻗은 몸매를 노골적으로 감상하면서 말이다. 이런 상황이니 그 어떤 사내라도 분노하지 않을 수 없을 터……. 노렌조와 호위 기사들이야 오죽했겠는가.

그들은 대답과 동시에 검을 꺼내 들더니 곧장 노인을 향해 달려들었다.

"어쭈? 이것들이 노인 공경을 할 줄 모르네. 대뜸 칼질부터 하다니……. 그렇다면 단단히 버릇부터 고쳐줘야겠지?"

스르르……

"헉! 사, 사라졌다."

"모두 뒤를 조심해라. 어째신이다!"

하지만 무려 여덟 자루나 되는 검은 허무하게 허공을 가르고 말았다. 노인네가 너무도 뻔히 보고 있는 가운데 순식간에 사라져 버렸기 때문이다. 그러자 대장 노렌조는 곧 기사들에게 경고성을 질렀다. 그조차 노인네가 어떻게 사라진 것인지 알 수 없었기에 무척이나 당황스러운 상태였다.

불쑥~!

"뒤만 조심하면 될까? 앞은 어떻게 할 건데?"

빠각!

"크억!"

기사 한 명이 주춤거리며 뒤를 바라보다가 앞을 보는 순간, 하얀 얼굴이 그의 코앞에 갑자기 나타났다. 그야말로 저절로 헛바람이 새어 나올 만큼 놀랄 지경이었는데 그 하얀 얼굴의 노인네는 그가 놀랄 틈도 없이 냅다 그의 머리통을 무엇인가 검은 물체로 내갈겼다.

"하나……."

"저쪽이다!"

"아니다. 이쪽으로 온다!"

기사들은 그 모습을 보는 순간, 더욱 으스스한 기분을 느끼며 그 노인네의 움직임을 주시하며 이렇게 외치고 있었다. 하지만 노인네는 여유롭게 웃으면서 한가하게 숫자를 세기 시작했다.

"쯧쯧……. 느려, 느려……. 그리 느려서야 무슨 호위대 노릇을 하겠누. 두울……."

퍼억!

"켁!"

"정말… 놀라운 노인네……. 으음……."

"아가씨. 지금 감탄만하고 있을 때가 아닙니다. 어서 마차 안으로 들어가세요. 이곳을 최대한 빨리 벗어나야 합니다."

신기할 정도로 빠르고 은밀한 노인네의 움직임을 넋을 빼고 지켜보던 페이샤마인이 감탄하며 멍하니 있자 옆에 있던 하녀 도로시가 그녀의 팔을 잡아끌며 이렇게 말했다. 하지만……

"어허… 어르신만 보이고 우리는 핫바지로 보이는가 보네. 누구 마음대로 마차를 타겠다는 말이냐?"

"다, 당신들은 대체 누구죠? 이분이 누구인줄 알고 이런 짓을 저지르는 건가요? 나중에 후회하지 말고 어서 썩 비키세요!"

어느새 나타난 것인지 흐느적거리는 사내 네 명이서 그녀들의 앞을 가로막아 버렸던 것이다. 도로시가 과연 귀한 공녀의 시녀답게 페이샤마인을 가로막고 앞에 나서서 이렇게 큰소리를 치긴 했지만 그런 그녀의 목소리는 몹시도 떨리고 있었다.

"아이고, 무서워라. 그 아가씨가 뿔이 네댓 개 정도 달린 몬스터라도 되는가 보네. 이거 자칫하다가 우리들이 혼나겠는걸!"

"히히히~ 저렇게 예쁜 아가씨에게 혼나는 것이라면 전 하루 종일 혼나도 좋습니다. 형님."

"나도, 나도… 켈켈켈……."

네 사람이 낄낄거리며 고개를 드는 순간, 도로시는 물론 페이샤마인까지 고개를 절레절레 흔들고 말았다. 어쩌면 그렇게 네 명 다 똑같이 생긴 것인지 순간적으로 눈이 잘못된 게 아닐까 헷갈렸기 때문이다.

그러나 다시 보아도 역시 네 명은 완전히 닮아 있었다.

"모두 비켜라! 내가 직접 처리하겠다. 타핫!"

부웅~!

주변 상황이 갈수록 불리해지자 마침내 노렌조가 고함을 지르며 노인을 향해 득달같이 달려들었다. 검에 마나를 잔뜩 주입한 채 섬뜩한 기세를 뿜어내며 달려가는 그의 모습은 그야말로 든든해보였다.

그 누구라도 저런 공격을 받으면 쉽게 피할 수 없을 것이다. 최소한 호위 기사들과 페이샤마인 등은 그렇게 생각하며 곧 저 징그러운 노인네가 쓰러질 것이라고 기대했다.

그런데…….

"이런 미련한 놈. 그렇게 함부로 달려들면 네 힘에 의해 더 큰 타격을 받을 수도 있음을 모르느냐?"

휘익~

빠가각!

"크억!"

부웅~ 털퍼덕!

당당한 체구의 노렌조가 있는 힘을 다해서 공격해 들어갔으니 그 속도가 얼마나 빨랐겠는가. 하지만 노인네는 눈 하나 깜박하지 않은 채로 그런 노렌조를 바라보다가 그의 검이 자신의 목 앞까지 다가올 때쯤 그것을 살짝 피해버렸다. 그리고는 곧바로 들고 있던 단검 집을 휘둘러 그대로 그의 명치 근처를 강하게 쳤다.

보기에는 워낙 작은 단검의 집인지라 그리 큰 타격을 줄 수 있을 것 같지 않았지만 그것에 맞는 순간 노렌조의 그 큰 덩치가 허공으로 붕 떠오르더니 곧장 요란한 소리와 함께 바닥에 쭉 뻗어버리는 것 아닌가.

"노렌조 경!"

"대장님!"

설명은 길었지만 이런 어처구니없는 상황은 그야말로 눈 깜짝할 사이에 벌어졌다.

페이샤마인과 아직 멀쩡한 기사들은 노렌조가 처참한 몰골로 당하자 동시에 그를 부르며 안타까워했다.

"이쯤에서 끝낼 테니 어서 그 아가씨를 거기에 두고 모두 썩 사라져라. 그렇지 않으면 모조리 황천으로 보낼 지도 모른다. 흐흐……."

주춤… 주춤…….

"으으… 그, 그럴 수는 없다. 차라리 우리를 모두 죽여라!"

노인네가 장난기 어린 모습을 지우고 실로 무서운 표정으로 협박을 하자 남아 있던 호위 기사들이 자신도 모르게 조금씩 뒤로 물러났다. 그만큼 공포감이 몰려들었던 것이다. 하지만 그런 가운데서도 연약하기 짝이 없는 하녀 도로시만큼은 페이샤마인을 자신의 몸으로 가리면서 이렇게 소리 질렀다. 실로 쉽게 볼 수 있는 충성심이 아니었다.

"죽여 달라고? 그렇다면 네년부터 소원대로 죽여주지."

스스슥!

말이 끝나기가 무섭게 마치 환영처럼 노인네의 몸이 순식간에 도로시 코앞까지 이동했다.

"헉!"

"네 입으로 말한 것이니 후회는 없겠지? 잘 가라!"

스윽.

그리고는 노인네는 아까까지만 해도 검 집 안에 들어 있던 단검을 꺼내 들더니 그것을 도로시의 목덜미 쪽으로 가져갔다. 집안에 있을 때는 모르겠더니 밖으로 튀어나온 단검은 실로 소름이 끼칠 만큼 날카로워 보였다. 저런 검으로 목을 찌르게 되면 비명도 지르기 전에 죽을 것만 같았다.

"도로시!"

"아가씨, 저 먼저 갈게요. 부디 아가씨께서는 살아남으셔야 해… 으윽……."

검끝이 마침내 도로시의 하얀 목덜미로 파고들기 시작했다. 이대로 일, 이초만 더 흐르면 그녀는 목이 꿰뚫린 채 죽고 말 것이다.

바로 그때……

"나이를 어디로 처먹었는지 이해가 가질 않는군. 손녀뻘도 되지 않는 아가씨의 목에 칼을 들이대다니……. 하, 참……."

"웬 놈이냐!"

갑자기 허공 한편에서 낭랑한 목소리와 함께 아름다운 금 발을 휘날리더니 곧바로 청년 한 사람이 홀연히 등장했다.

Chapter 02
페이샤마인

1

'늙은 생강이 맵다더니 과연……. 저분의 연기는 정말 기대 이상이다. 연극인 걸 뻔히 아는 나조차 식은땀이 다 날 정도이니…….'

무서운 노인네 아울라가 그의 호위이자 문 쉐도우의 핵심이라 할 수 있는 네쌍둥이로 이루어진 죽음의 사신단과 함께 장내를 장악할 무렵 그것을 멀리서 보고 있던 블랙루나는 이렇게 중얼거렸다.

'저런 추세라면 곧 똑똑하고 냉정하기로 정평이 나 있는 페이샤마인이라 해도 겁을 집어먹지 않을 수가 없을 것이다.

그녀가 겁을 먹으면 먹을수록 일은 쉬워질 테고……'

그녀가 이런 생각을 하고 있는 동안에도 상황은 시시각각 변화하고 있었다. 잠깐 사이에 호위 기사 네 명이 기절해 버렸으며 곧 화가 날대로 난 노렌조가 아울라를 향해 미친 듯이 달려들었다.

그러나 단 한 수에 의해 노렌조 역시 볼썽사납게 기절해 버렸고 아울라는 중간에 겁없이 끼어든 시녀 도로시의 코앞으로 날아갔는데 이 모든 일들은 그야말로 잠깐 사이에 벌어져서 블랙루나마저 어이가 없게 만들고 있었다.

'저, 저거 저러다가 진짜 사고치는 것 아닐까? 아무리 실감나는 연기라지만 그녀가 정말로 다치면 큰일인데……. 이쯤에서 그가 나타나야 하는데 왜 그는 아예 안 보이는 거지? 참 답답하구나.'

오죽하면 그녀가 이런 생각을 하게 되었을까? 그만큼 지금 겉으로 보기에는 아울라의 행동이 무척이나 과격하고 살벌했다. 만에 하나 저대로 오 분만 더 두게 되면 도로시가 즉사하는 것은 물론 곧 페이샤마인까지 크게 위험할 것만 같았다. 블랙루나가 이렇게 생각할 정도이니 다른 사람이야 오죽하겠는가.

이제 지금의 상황은 누가 보아도 절대 연극이 아니었다. 그가 등장하기 전까지는 말이다.

"나이를 어디로 처먹었는지 이해가 가질 않는군. 손녀뻘도 되지 않는 아가씨의 목에 칼을 들이대다니……. 하, 참……."

"웬 놈이냐!"

그는 말 그대로 홀연히 나타났다. 그 누구도 그가 어디에서 온 것인지 알지 못했다. 아니 지금은 그런 것이 문제가 아니었다. 워낙 상황이 긴박했기 때문이다.

'휴우, 그럼 그렇지. 이제야 조금 안심이 되는구나. 나도 참 바보 같기는……. 이 연극의 시나리오를 내가 쓴 것이나 마찬가지인데 잠깐이라 해도 저 노인네가 정말로 사람을 해칠까 봐 걱정을 하다니……. 호호… 이제부터는 느긋한 기분으로 한편의 연극을 제대로 감상해 볼까나……. 일단 시작은 완벽해.'

루나는 이런 생각을 하면서 나무 위에서 무척이나 편한 자세를 취한 뒤 조금 전까지와는 전혀 다른 표정으로 잘생긴 마로 얼굴을 감상하기 시작했다.

"아무리 내가 어리다지만 당신 같은 노인네한테 놈 소리를 들을 만큼 어린 것은 아니거든요. 그러니 말조심부터 합시다. 영감님."

"허허……. 그야말로 죽고 싶어서 환장한 놈인 모양이구나. 다른 때 같으면 내 네놈 명줄부터 끊고 생각하겠다만 오늘은 보다시피 바쁘니 한 번은 기회를 주겠다. 그러니 썩 사라져라. 그렇지 않으면 네놈의 그 재수없는 혓바닥부터 뽑을지도 모른다."

여전히 아울라의 단검은 도로시의 목 위에 대어져 있었다. 그런 상태로 조금 전과는 다르게 착 가라앉은 목소리로 이렇게 협박을 하자 듣고 있던 사람들은 모두 한차례 부르르 떨면서 갑자기 등장한 청년을 안타까운 눈초리로 바라보았다. 아무래도 저 청년이 오늘 무사하기 힘리란 예감이 든 것이다. 그만큼 노인과 네쌍둥이들이 보여주고 있는 기세는 살벌했다.

"거 일단 그 단검부터 치우고 이야기해 봅시다. 내일이면 무덤에 들어가실 분이 손녀 같은 아가씨를 무서운 검으로 협박이나 하면 쓰겠소? 일단 검을 치우고 어째서 이런 일을 벌이는 것인지 그것부터 말해 보시오."

"뭐, 뭣이! 어디 내가 먼저 무덤에 들어갈 것인지 아니면 네놈이 먼저 무덤으로 갈 것인지 그걸 먼저 가르쳐주마. 타핫!"

쒜엑~!

"위험해요!"

아울라는 말이 끝나기가 무섭게 도로시를 한쪽으로 밀침과 동시에 유들거리고 있는 마로를 향해 곧장 날아갔다. 물론 이 일들은 모두 연극이기 때문에 아울라의 움직임은 남들에게만 유독 동작이 크고 위협적으로 보였다.

하지만 실질적으로 아울라가 사람을 죽이기 위해 움직일 때와는 그 차원이 달라도 한참 달랐다. 물론 구별할 수 있는 사람은 마로뿐이겠지만.

'걸렸다! 방금 소리를 지른 사람은 바로 그녀다. 호호… 그녀가 저 인간에게 관심이 쏠렸다는 뜻이겠지. 그 긴급한 순간 무의식적으로 그를 염려할 정도라면 걸려도 제대로 걸린 게야.'

"이크~! 이 노인네가 정말 돌았나. 웬만하면 연세도 생각합시다."

루나가 페이샤마인의 외침을 듣고 회심의 미소를 짓는 사이에 마로는 아울라의 공격을 멋들어진 동작으로 허공을 돌며 피해냈다. 그리고 그때 또다시 루나는 보았다. 바로 페이샤마인의 얼굴에 안도의 표정이 그려지는 것을 말이다.

"네놈이 제법 한 수가 있어서 끼어든 모양이로구나. 하지만 그 정도로는 어림없다. 차합~!"

뱅글뱅글… 슈슈슈슉!

원래부터 아울라의 체구는 작은 편이 아니다. 그는 나이는 많았지만 풍채가 당당한 편이며 키도 큰 편인 것이다. 그런 그가 그 체구를 빠르게 회전시키면서 검을 찔러 오자 그 기세가 실로 흉험했다.

'히야… 저 노인네, 정말 타고난 배우네. 어쩜 저렇게 화려한 액션을 보여줄 수 있지? 그것도 정말로 그를 죽일 것 같은 저런 무시무시한 살기까지 뿜어내다니……. 대단해. 제국의 극단에서 누군가가 저런 점을 보았다면 당장 스카우트 제의가 들어올지도 모르겠네.'

루나 같은 검의 고수가 이렇게 생각할 정도면 다른 사람들의 눈에는 그야말로 무시무시할 것은 자명했다. 원래 페이샤마인도 어느 정도 검을 사용할 줄 안다. 귀족가의 여식들 중엔 때때로 그녀처럼 검에 관심을 갖는 여성들도 꽤 있기 때문이다. 물론 대단한 실력은 아니지만 최소한 지금 아울라의 공격이 얼마나 대단한 실력에서 비롯되었는지 정도는 알아볼 것이 틀림없었다. 그랬기에 양손으로 끔찍한 광경을 보고 싶지 않아 얼굴을 가렸을 터였다.

바로 그와 동시에 엄청난 굉음이 사방으로 번져나갔다.

콰콰쾅!

"크윽! 이, 이런 젠장……."

"오오… 어찌 검과 검이 부딪치는데 저런 폭발이 일어날 수가 있다는 말인가. 정말 대, 대단하다……. 으으……."

맥없이 당할 것이라 여겨졌던 마로가 놀랍게도 아울라의 검을 막아내었는데 그때 무서운 폭발이 일어났던 것이다. 겨우 몸을 가누며 그들의 싸움을 지켜보던 노렌조는 이것을 보고 자신도 모르게 감탄성을 터뜨렸다. 하지만 그의 말소리는 고통을 간신히 억누르며 크게 한걸음 뒤로 물러나고 있는 아울라에 의해 별 관심을 얻지 못했다.

"당신이 도대체 누구인지는 모르겠지만 이쯤에서 사라지시오. 하는 짓이 괘씸하긴 하지만 아무리 그래도 곧 죽을 것 같은 노인을 핍박하고 싶지는 않소."

"비, 빌어먹을……! 모두 철수한다!"

"네!"

휘리릭~!

고수들은 오랜 시간 싸우지 않아도 상대의 역량을 아는 법이다. 비록 단 한번 부딪친 것뿐이었지만 노인네는 마로의 실력이 자신보다 월등함을 깨달았는지 순순히 물러서고 말았다. 물론 네 명의 쌍둥이와 함께 말이다.

"구해주서서 감사해요. 전 페이샤마인이라 해요. 당신은 누구시죠?"

그리고 그들이 물러서자마자 그림처럼 아름다운 페이샤마인이 마로에게 다가가 이렇게 말을 걸었다.

2

현재 마로의 신분은 아직 평민이다. 헤이슈만 백작이 죽고 그 뒤를 이어 임시 성주가 된 루테민이 만인이 보는 앞에서 그를 남작으로 인정했지만 아직 그가 백작으로 정식 인정된 상태가 아니기 때문에 마로 역시 남작이라고 하기에는 무리가 많았다.

거기에 덧붙여 공작의 성으로 들어오기 전에 마로와 루테민은 그의 신분을 살짝 속이기로 논의한 바가 있었다. 어쨌든 사회여건상 아무리 잘났어도 평민의 신분으로는 할 수 있는 일의 한계가 너무 심했기 때문이다.

그래서 헤이슈만 영지 내의 모든 귀족 계보를 뒤졌고, 그런 가운데 최근 젊은 귀족 한 명이 사냥을 나갔다가 급사한 사실을 알아낼 수가 있었다. 그는 중앙 정계에는 한 번도 진출한 적이 없는 지방 세습 귀족이었기에 누구도 그의 얼굴을 아는 이가 없었다. 그야말로 마로 등의 조건에 딱 맞는 사람이었다.

"레이디께서 그 유명한 샹그레인의 레드 로즈 페이샤마인 님이셨군요. 이거 영광입니다. 전 그저 보잘것없는 촌구석에서 작은 장원 하나를 경영하던 벤자민 드 샤이먼 남작이라고 합니다."

"아… 장원을 경영하신다니 젊은 나이에 대단하군요. 그런데 그 장원은 어디에 있는 건가요?"

하이로드가 다스리는 영지 안에는 각각의 소영지가 존재

하고 그 영지들 안에는 또다시 더 작은 규모의 장원들이 존재한다. 즉 장원이란 가장 작은 영지개념인 것이다. 하지만 그래도 어쨌든 자신의 가솔들이 존재하고 또한 발전 여부에 따라 어지간한 영지보다 더 커질 수 있는 여지까지 있어 그래도 장원을 가지고 있다 하면 어느 정도는 인정을 받기 충분했다.

"이곳에서 남쪽으로 약 800킬로미터쯤 떨어진 곳에 있습니다. 헤이슈만 백작 영지 내에 있다고 할 수 있지요."

"아! 헤이슈만 백작님이라면 저도 알아요. 특히, 그분의 영애는 저와 언니 동생 하는 막역한 사이지요."

"그런 인연이 있었군요. 아무튼 반갑습니다."

"저도 반가워요. 게다가 오늘 큰 봉변을 당할 뻔했는데 구해주셔서 너무나 감사해요. 마침 우리 호텔에서 오늘 저녁 파티가 있는데 함께 가요. 제가 정식으로 초대할게요. 어떤 식으로든 보답을 하고 싶어요."

페이샤마인이 이렇게 말하자 루나의 오른손이 불끈 쥐어졌다. 일단 그녀가 마로를 파티에 직접 초대한 이상 그녀의 마음을 끄는데 어느 정도 성공했다는 판단이 들었기 때문이다.

"별로 대단한 것을 한 것도 아닌데 보답이라니요. 괜찮습니다. 자, 그럼 전 바빠서 이만. 다음에 기회가 있으면 또 뵙지요."

휘리릭~!

"이봐요~ 이봐요!"

그런데 루나가 기뻐한 것도 잠깐. 마로는 그녀가 전혀 예측하지 못한 일을 저지르고 말았다. 파티에 억지로라도 참석해야 하는 판에 이렇게 좋은 기회를 스스로 발로 차고 사라지다니……. 그야말로 기가 막히고 코가 막힐 일이었던 것이다.

"저 인간이 미쳤나! 읍! 이, 이런… 일단 나도 이곳을 떠나자."

스르륵…….

어찌나 황당했던지 그녀는 자신이 숨어 있는 상황인 것 마저 망각하고 큰소리를 냈다가 곧 스스로의 입을 막더니 그곳을 벗어났다.

"아아… 그냥 가버리다니… 이 페이샤마인이 직접 초대를 했건만 그것을 거절하고 가버리는 남자가 있을 줄이야……."

마로가 사라진 이후 잠깐 동안 페이샤마인은 패닉 상태에 빠져들고 말았다. 그녀가 누구던가. 어쨌든 샹그레인 왕국 내에서 최고의 미녀로 손꼽는 데다가 대공작가문의 영애 아니던가.

아직 혼인을 하지 않은 남자라면 나이를 불문하고 모두 선망의 대상으로 여기는 여자가 바로 그녀였다. 그들은 무슨 수를 써서든지 자신과 말 한마디라도 나누는 것을 소원으로 여길 정도였는데 방금 사라진 사내는 너무도 무정하게 나중을 기약하지도 않고 사라져 버렸다.

"아마 아주 중요한 일로 바빠서 그랬을 겁니다. 그렇지 않고서야 감히 아가씨의 초대를 거절할 리가 없겠지요. 그러니 신경 쓰지 마시고 어서 안으로 들어가요. 곧 파티가 시작될 거예요."

"그렇겠지? 아무래도 그 먼 곳에서 이곳까지 올 때는 그만큼 중요한 볼일이 있어서겠지. 설마 내가 싫거나 미워서 간 것은 아닐 거야. 암……."

도로시의 말에 이렇게 대꾸를 하면서도 그녀의 시선은 마로가 사라진 쪽에서 벗어나지 못하고 있었다.

하지만 호위 기사들이 하나둘 정신을 차리기 시작하자 결국 그녀는 그들과 함께 호텔 안으로 들어갈 수밖에 없었다.

한편, 이런 사건이 벌어지고 나서 얼마의 시간이 지난 후.

블루 스카이의 특실 안에서는 몇 명의 사람들이 모여서 술을 들이키며 떠들고 있었다. 이곳은 최고의 귀빈을 위해 마련된 특실인만큼 방음이 무척 잘되어 있어서 신나게 떠들어도 밖에서는 전혀 들을 수 없었다.

"당신 미쳤어요? 아니, 대체 어째서 그녀의 초대를 거절해요? 그렇게 좋은 기회가 어디 있다고…….."

"그게 정말입니까? 총수님. 제가 이 늙은 노구를 이끌고 그런 기막힌 연기를 해서 만든 찬스인데 그걸 거절하고 온다는 게 말이 됩니까?"

바로 오늘 진짜라고 할 만큼 멋진 연기를 선보인 아울라와 죽음의 사신단 그리고 블랙루나와 마로가 모여서 한참 흥분한 목소리로 떠들고 있었던 것이다.

이곳은 애초부터 카오스 상단이 공작의 성안에 거점을 마련하고 이번 작전을 수행하기 위해 사들인 저택이었다.

"다들 왜 이리 날 못 잡아먹어서 안달이야? 나도 다 생각이 있어서 그런 거라고. 잘 들어봐. 내가 그때 만약 얼른 약속을 수락했다면 그녀는 날 그저 그런 남자로 여길 것이 분명해. 누구라도 그럴 때는 초대에 응했을 테니까…….. 그렇지?"

"그거야 당연하겠죠."

마로의 너무도 당연한 말에 루나는 대뜸 이렇게 대꾸를 했고 아울라는 무겁게 고개를 끄덕였다. 일단 맞는 말을 하고 있으니 계속 다그치기만 할 수는 없었다.

"하지만 나는 거절을 했지. 그렇다면 자존심이 강한 그녀는 날 어떻게 생각하고 있을까? 당신들 말처럼 바보 같은 놈이라고 여길까? 아니면…….."

"저라면 아마 당신이 괘씸하면서도 자꾸 생각이 날 것 같아요. 아… 그렇다면… 설마……."

마로의 말에 루나는 문득 떠오르는 생각이 있었다. 하지만 아직은 확신할 수가 없었다.

"맞아. 우리가 지금 하려는 일은 그녀를 공략하는 것이 아니야. 바로 그녀의 뒤에 있는 무서운 베니무슈 공작을 움직이려는 것이지. 그를 움직일 정도가 되려면 페이샤마인하고 그저 안면만 터서 될 거라고 생각하나?"

"물론 아니죠. 그녀를 완전히 사로잡아야 그나마 가능성이 생길 거예요. 그래서 애초부터 좀 더 그녀에게 쉽게 접근할 수 있는 작전을 세운 것이잖아요."

"하지만 그저 접근만 한다고 그녀를 사로잡을 수 있는 것은 아니지. 그리고 또 한 가지. 우리에게는 지금 시간이 별로 없어. 그래서 난 생각했지. 어떻게 하면 그녀에게 좀 더 강한 이미지를 심어서 그녀가 나에게 확 끌리게 할 수 있을까 하고 말이지."

"휴우… 당신이란 사람은 정말 모르겠어요. 어떨 때보면 여자 심리에 대해 전혀 모르는 바보 같은데 지금 보니 그건 아니었군요. 오히려 저보다 앞서서 생각하시다니……. 하지만 그렇다고 꼭 그녀가 끌려오리라고 확신하지는 마세요. 모든 여자의 심리가 다 같은 것은 아니니 말이에요."

마로는 그 짧은 시간에 이런 고도의 심리 전술을 활용할 생각을 해낸 것이니 그것만으로도 칭찬할 만했다. 그러나 루나는 여전히 신중한 얼굴로 이렇게 말했다.

"나도 그것을 확신하는 것은 아니야. 단지, 지금은 어느 정도의 도박이 필요하다고 생각했을 뿐이지. 그나마 도박이라도 걸어야 가능성이 생기는 것 아니겠어?"

"그건 저도 동감이에요. 그럼 다음 작전은 어떻게 진행하실 거죠?"

"물론 그녀와 아주 우연히 만나야겠지. 누가 봐도 우연히 말이야. 그렇게 전혀 예측하지 못한 곳에서 만나게 되면 그녀는 아마 나와의 만남을 운명이라고 믿게 될 거야. 운명은… 피할 수 없는 법 아니겠어?"

루나의 질문에 마로는 기묘한 미소를 지으며 이렇게 결론지었다. 묘하게 사람들로 하여금 믿음이 가는 그런 미소를……

3

비록 소규모의 파티라고 하였지만 워낙 명성이 대단한 그녀가 주최한 파티여서 그런지 사람들이 무척이나 몰려들었다.

"죄송합니다, 손님. 초대장을 보여주십시오."

"어허~ 이거 왜이래 지배인. 나 몰라? 나 벤드렌 자작이라 구!"

그 덕분에 파티장 입구에서 손님을 맞이하는 호텔 지배인 루크는 눈코 뜰 새 없이 바빴다. 누가 초대 받은 손님인지 또 는 불청객인지 가려내는 일도 보통이 아니었기 때문이다.

"물론 벤드렌 자작님을 모르는 것은 아닙니다만 어쨌든 오 늘 초대 손님 명단에는 없으니 돌아가 주십시오. 죄송합니 다."

최고의 하이로드인 공작의 성이다 보니 중소 귀족들도 상 당히 많은 편이었다. 그런 데다가 페이샤마인이 주최하는 파 티는 그냥 파티와는 달라도 많이 달랐다. 비록 공작의 수양딸 이기는 했지만 이미 그녀는 샹그레인 왕국의 사교계에서는 최고의 여왕 가운데 한 명으로 공인되어 있었기 때문이다.

즉, 이 말은 그녀의 개인 파티에 초대 받을 수 있는 사람은 결국 왕국 내에서도 꽤나 인정받는 귀족이라는 뜻이었다. 그 런 상황이다 보니 일단 그녀가 파티를 연다고 하면 각종 인맥 을 총동원해서 참가하려 안간힘을 쓰는 것이 정상이었다. 하 지만 이렇게 온갖 노력에도 불구하고 초대 받지 못하는 귀족 가운데 몇몇 혈기 왕성한 청년들은 이처럼 막무가내식으로 일단 파티장에 들어가려고 애를 쓰곤 했다.

"이것 봐, 지배인! 나 벤드렌 자작이라니까! 내가 이 호텔에 몇 년째 단골인지 몰라? 페이샤마인님께서 깜박하시고 초대장을 보내지 않으신 거 같은데 내가 왔다고 하면 바로 들여보내실 것이 뻔하니 어서 비키게."

"초대장이 없으면 불가합니다. 돌아가 주십시오."

비록 호텔 지배인에 불과했지만 이런 인간들을 하도 많이 다루어 봐서 그런지 루크의 대응은 무척이나 사무적이었다.

"이런 빌어먹을! 우선 들여보내도 문제가 없다니까. 내가 책임질 테니 어서 비키게. 그렇지 않으면 진짜로 화낼지도 몰라."

"안됩니다."

채앵~!

"이 건방진 녀석이 말귀를 못 알아듣는군. 네놈이 주인의 위세를 믿고 아주 안하무인이로구나. 오늘 그 버릇을 단단히 고쳐주마."

결국 이 일은 생각보다 커지고 말았다. 벤드렌 자작이 검을 꺼내들었던 것이다. 파티장에 와서 검을 꺼내다니……. 그야말로 사생결단을 내겠다는 뜻이었다. 그런데…….

스슥… 주르륵…….

"여기가 어디라고 감히 칼질인가. 죽고 싶나?"

"허억! 이, 이건……."

그가 검을 들고 지배인 루크를 협박하려는 그때 허공 어디선가 섬뜩한 단검이 튀어나와 그의 목에 가늘게 선을 그어버리는 것 아닌가. 그야말로 무서운 솜씨였다.

"그를 정중히 돌려보내라. 어쨌든 그도 우리 호텔의 손님이다. 미안해요, 벤드렌 자작님. 오늘 파티는 워낙 소수인원만 초대한 상태라서요. 다음 기회에 꼭 불러드릴 테니 오늘은 그만 가주세요."

"그, 그렇게 하겠습니다. 페이샤마인님. 그럼 돌아갈 테니 이 검을 좀……."

마침 페이샤마인이 등장하지 않았다면 벤드렌의 목은 이미 몸통과 분리되었을지도 모른다. 그 점을 잘 알고 있는 그는 결국 아까와는 달리 잔뜩 위축된 모습으로 돌아가고 말았다. 참으로 한심하기 짝이 없는 자였다.

"다들 계속 수고해줘요. 오늘 초대되신 분들은 모두 고위 귀족들이니 특히 소란스럽지 않게 잘 처리하셔야 할 거예요."

"네, 로드."

"예스, 마이 로드!"

지배인 루트도 또한 어둠 속에 숨어 있다가 단검을 휘둘렀던 자도 그녀를 일컬어 로드라 칭했다. 이는 그녀가 자신들의 목숨을 맡긴 주인이라는 뜻인데 아무에게나 함부로 부를 수 있는 호칭은 절대 아니었다.

'저런 놈도 꼴에 사내라고……. 휴우…….'

그렇게 벤드렌 자작이 꽁지 빠진 닭 모양으로 사라지자 페이샤마인은 다시 파티장 안으로 들어가며 이렇게 한숨을 쉬었다.

"어디 갔다가 오십니까? 눈부신 나만의 프리마돈나여!"

"제가 어째서 골든 경만의 프리마돈나인가요?"

"그야 제가 그렇게 생각하니 그렇지요. 이제 그만 고집부리시고 제 청혼을 받아주십시오."

하지만 파티장안에서도 그녀 주변으로는 온통 사내들뿐이었다. 그들은 사회적으로 상당한 지위를 누리는 자들이었는데 모두 싱글이긴 했지만 나이는 그야말로 천차만별이었다. 그 가운데 지금 말을 거는 자는 골든 드 레니쉬 백작이라는 자로 청년들 가운데서는 가장 작위가 높고 파워가 있는 사람이었다.

그는 벌써 몇 년째 페이샤마인에게 청혼을 하고 있었지만 워낙 그에 대한 평판이 별로라서 그녀는 늘 정중하게 거절을 하곤 했다. 그는 작위가 높고 인물도 훤칠한 대신 바람둥이였던 것이다.

"제가 알고 있기로 골든 경께서는 얼마 전에 미유리에게도 청혼을 한 것으로 알고 있는데요? 저는 다른 것은 몰라도 지조 없는 남자는 딱 질색이에요. 아, 저쪽에 렌튼 경께서 오셨네요. 그럼 이만 실례……."

꾸벅…….

그렇게 또다시 그녀는 우아한 인사만을 남기고 다른 곳으로 이동했다. 이상하게 오늘따라 흥이 나지 않고 어서 쉬고만 싶었지만 어쨌든 자신이 주최한 파티인만큼 손님 접대를 소홀히 할 수는 없었다.

'지금 이곳에는 명색이 우리 샹그리엔 왕국에서 가장 잘났다는 자들이 모두 모여 있다. 아버지의 성화도 성화지만 어쨌든 나도 이번에는 괜찮은 사람을 최종 결정하려고 일부러 그렇게 초대장을 발송한 것이지. 하지만 아무리 둘러보고 또 둘러 봐도 내 마음을 확 끄는 남자는 없다. 이상하게도 아까 만났던 그 사람 생각만 나. 조건은 한참 떨어지지만 진짜 사내다운 사내였는데……. 그를… 어떻게 다시 만날 수 있을까?'

그녀는 얼굴에 환한 미소를 짓고 있었지만 속으로는 이처럼 한숨만 쉬고 있었다. 사실 알고 보면 여기에 모인 사내들은 모두 왕국 안에서 최고의 신랑감으로 손꼽히는 자들이었다. 가문과 학력, 그리고 재산까지 무엇 하나 뒤지지 않았으며 거기에 인물까지도 훤칠한 자들이었던 것이다. 그러나 이런 남자들은 이미 그녀가 어릴 때부터 수없이 보아왔던 터라 그녀에게는 그다지 흥미를 끌지 못했다.

하지만 오늘 낮에 자신을 구해주었던 사내는 확실히 달랐다. 그는 자신을 정면으로 바라보면서도 음흉함이나 탐심이 보이지 않았을 뿐더러 오히려 자신의 초대를 그 자리에서 거절해 버린 용감(?)한 남자였다.

그는 자신의 공을 내세우지도 않았고 그것으로 뭔가를 요구하거나 바리지도 않았다. 그런 데다가 무엇보다 그는 매력적이었다. 그 어떤 여자라도 반하지 않을 수 없을 만큼…….

그래서인지 그녀는 문득 그가 보고 싶어졌다. 이제는 파티도 싫었다. 시간이 흐를수록 또 수많은 사내들이 자꾸 추파를 던질수록 그녀는 점점 더 그가 그리웠다.

4

페이샤마인이 주최한 파티가 끝난 지 벌써 삼일이 지났다. 그 삼일동안 마로는 카오스 상단의 지부 설치에 심혈을 기울이는 것처럼 보였다. 잠시도 쉬지 않고 성의 이곳저곳을 다니며 장소를 물색했으며 또한 시장 조사에도 참여했다. 그는 마치 그일 때문에 이곳에 온 것처럼 행동했고 그 덕분에 아울라와 루나는 심각하게 고민을 할 정도가 되었다.

"이제 아예 장사만 하기로 하신 거예요? 그녀는 포기한 것인가요?"

"무슨 소리. 내가 말했지? 그녀가 예측하지 못했던 곳에서 만나야 한다고……."

"그러려면 그녀가 자주 다니는 장소를 물색해봐야 하잖아요. 그렇게 바쁘게 자신의 일만 해서 어떻게 그녀와 조우를 할 건데요?"

결국 루나는 불만을 터뜨리고 말았다. 당연한 것이 그녀는 아직 그와 특별한 관계도 아니었으며 주종관계는 더더욱 아니고 단지 호기심 때문에 잠시 협조하는 입장인지라 마로가 이런 식으로 허송세월만 보내고 있으니 화가 나지 않을 수가 없었던 것이다.

"가만 보니 당신은 화를 낼 때가 더 매력적인데? 참 볼수록 아쉬워."

"뭐가 아쉬워요?"

"당신이 그… 뭐지? 비밀의 이야기를 다루는 주인만 아니었다면 이미 샹그레인 왕국에는 절세 미녀가 또 한 명 있다고 난리가 났을 거야. 미유리와 페이샤마인이 아름다운 것은 소문 이상이었지만 당신 역시 그녀들에게 조금도 뒤지지 않는 것 같거든. 아니 어떤 면에서는 그 이상인지도 모르지."

"어머… 마, 말은 잘해요. 그런 감언이설로 은근슬쩍 넘어가려고 하지 마세요. 흥! 이제부터 어떻게 할 건지나 말해 봐요. 베니무슈 공작이 그렇게 호락호락한 인간이 아닌 것을 아직도 모르겠어요? 당신에게는 이제 시간이 얼마 남지 않았다고요. 모르긴 몰라도 앞으로 열흘 이내에 결국 그리티안 공녀의 죽음이 알려지고 말 거예요."

루나는 이렇게 말하면서도 심장이 두근거리는 것을 억누를 수 없었다. 그녀 역시 어릴 때부터 예쁘다는 말을 수없이 들어왔지만 지금처럼 떨린 적은 단 한 번도 없었다.

"내일… 그녀는 결국 날 만나게 될 거야. 그것도 아주 의외의 장소에서 말이야."

"의외의 장소요?"

"참. 내 그대에게도 정식으로 초대장을 줘야겠군. 받아. 이건 당신 거야. 내일 저녁 여섯시까지 오라고."

스윽……

"이게 뭐죠?"

루나는 마로가 내민 초대장과 상자 하나를 받아들더니 초대장부터 펼쳐서는 천천히 읽기 시작했다.

"이, 이건……."

"적힌 그대로야. 우리 상단이 베니무슈 공작 성에서 첫 번째 사업을 시작하려는 것이지. 하하. 아무튼 난 지금 또 가봐야 하니 내일 보자고. 그럼……."

슉~

"이, 이봐요~!"

그녀가 급히 불렀지만 이미 마로는 그 자리에서 사라져 버렸다. 그러자 그녀는 입술을 살짝 깨물더니 초대장과 함께 받은 상자를 열어 보았다. 거기에는 놀랍게도 무척이나 아름다운 드레스 한 벌과 작은 쪽지가 놓여 있었다.

내일 입고 와. 명색이 우리 상단의 지사 개업식인데 그렇게 선머슴 차림으로 올 수는 없잖아. 드레스는 그동안 나에게 신경 써준 당신에게 주는 작은 선물이야. 그러니 부담가질 필요는 없어.

쪽지에는 이렇게 적혀 있었다. 비록 드레스 한 벌이었지만 마로의 이런 배려에 루나는 결국 살짝 눈물을 흘리고 말았다. 그녀는 이날까지 살아오면서 누군가에게 이런 선물을 받아본적이 단 한 번도 없었던 것이다.

"나쁜 놈……. 날 울게 만들다니……. 드레스를 입어 본지가 언제더라? …그래도 입고 나가야겠지? 이번엔 숨어서 갈것도 아니고. 휴우……."

그렇게 결국 그녀는 드레스를 입기로 결심했다. 그리고 그렇게 또 하루가 지나가고 다음날 저녁이 되자 스카이 블루 호텔 정문으로 마차 한 대가 빠져나갔다. 바로 블랙루나와 아울라가 탄 마차였다. 그런데 한 가지 특이한 것은 그들의 마차가 나가고 난 직후, 또 한 대의 화려한 마차가 나갔다는

것이다. 바로 베니무슈 공작가의 문양이 그려져 있는 마차
가……

"그런데 내가 꼭 가야 하는 거야? 그래봤자 겨우 상단의 개
업식이잖아?"

그 마차 안에는 바로 페이샤마인이 타고 있었는데 그녀는
최근 들어 만사가 귀찮은 상태인지라 꽤나 불만스러운 얼굴
을 하고 있었다.

"그렇습니다. 아가씨. 초대한 사람이 상단사람이라면 대리
로 보내도 되겠지만 이번에는 말피리온 후작부인께서 초대한
것이라서요."

"그것 참 알 수가 없네. 카오스 상단이라는 이름은 처음 듣
는 거 같은데 어떻게 그런 거물을 움직일 수가 있었을까? 그
어르신께서는 일개 상단에 말에 움직이실 분이 아닌데……"

말피리온 후작부인은 사실 현 샹그레인 왕국의 국왕 드레
이언의 이모가 되는 사람이다. 즉, 전대 왕비의 여동생인 것
이다. 그런 만큼 그녀의 권위와 영향력은 상당했다. 아무리
페이샤마인이 베니무슈 공작의 딸이라지만 그녀의 부름을 거
절할 수는 없을 터였다.

"일단 가보면 알겠지요."

"그래, 어서 가보자꾸나."

다그닥 다그닥~

그녀의 조급해진 마음을 아는지 말들이 더욱 힘차게 달렸
다. 그들이 간 곳은 블루 스카이 호텔에서 대략 이십 분쯤 떨
어진 곳에 위치한 대형 의류 매장 이었다.

큰 간판에 '안드레 킴의 전문 부티크' 라고 쓰여 있었고 그
아래에는 '오직 당신만을 위해 존재 하는 단 한 벌' 이라는 문
구가 작은 글씨로 적혀 있었다.

"어머⋯⋯. 시내에 언제 이런 멋지고 세련된 옷가게가 생
겼지? 와아! 저렇게 큰 유리창이 있다니⋯⋯. 누가 주인인지
는 몰라도 굉장해! 디스플레이 하나만으로도 최고인 게 눈에
보이는 것 같아. 들어가 보자."

"네, 아가씨."

비록 유리가 발명된 지는 꽤 오래되었지만 이 가게처럼 한
면을 통째로 유리로 만든 건물은 등장한 적이 없었던 것이다.
그런 데다가 거대한 유리창 안쪽으로 형형색색의 옷들을 걸
어 놓고는 그 옷 위쪽으로 마법의 조명을 설치해 놓은 것도
압권이라 할 만했다. 그로 인해 옷들이 너무나도 멋지고 아름
다워 보였다.

이런 경이로운 첫인상은 샹그리엔 왕국에서도 최고의 패
션리더로 통하는 페이샤마인의 마음을 단숨에 사로잡고 말았
다.

스르릉…….

"어서 오십시오! 손님! 초대장이 있으시면 제시해 주세요."

"여기 있어요."

그런 데다가 문 앞에 서자마자 유리문이 자동으로 열리더니 곧 고급샵에 딱 어울릴 만한 정갈하고 깔끔한 종업원들이 동시에 인사를 하였다. 이런 대접은 다른 가게에서는 절대로 경험할 수 없는 놀라운 면모라 할 만했다. 어쨌든 그런 인사 뒤에 초대장을 이야기하자 도로시가 나서서 초대장을 건네주었다.

"아! 페이샤마인님이셨군요. 오늘의 최고 귀빈이신데 몰라봐서 죄송합니다. 어서 이쪽으로 오십시요."

"안은 더 대단하구나. 이제 정말로 이곳의 주인이 누구인지 궁금해지네."

안내인을 따라가며 페이샤마인은 이렇게 감탄을 하였다. 안은 생각보다 더 크고 넓어서 한참 걷는 동안에도 여기저기에 걸려 있는 아름다운 옷을 구경할 수가 있었다. 어떻게 이렇게 개성이 넘치고 고급스러운 옷을 이렇게 많이 준비했는지 신기할 정도였다.

"아… 말피리온 후작부인님을 뵈옵니다. 그간 안녕하셨는지요?"

"어서 오시게. 이거 오랜만이네. 그대는 여전히 아름답군."

귀빈들 접대실로 들어서자 그곳에는 몇 명의 고귀해 보이는 귀부인들이 앉아서 담소를 나누고 있었다. 페이샤마인은 그 가운데 가장 눈에 띠는 부인을 보자마자 곧 공손하게 인사를 하였다, 그녀야말로 현재 왕국의 사교계에서 가장 거물로 손꼽히는 말피리온 후작부인이었던 것이다.

"과찬의 말씀이십니다. 저보다 후작부인께서 훨씬 고우십니다. 게다가 부인께서는 어찌된 게 날이 갈수록 더욱 젊어지시는 것 같습니다. 하마터면 언니라고 부를 뻔했다니까요. 호호호."

"이런, 역시 자네의 재치있는 농담은 언제 들어도 기분이 좋구먼. 어서 앉게. 이곳의 주인이 나올 때까지 서로들 인사나 하지."

"네. 감사합니다."

이 가운데 페이샤마인이 가장 어렸지만 그녀는 전혀 주눅들지 않고 오히려 분위기를 산뜻하게 주도해갔다. 사람들이 어째서 그녀를 사교계의 차기 퀸으로 꼽는지 그 이유가 실감나는 순간이었다.

"하하하……. 제가 없어도 분위기가 너무 좋아 보이는군요. 다들 반갑습니다."

"오! 어서 오시오, 샤이먼 경. 그렇지 않아도 경이 보고 싶어서 막 부르려던 참이었소. 내 소개 시켜 주고 싶은 아가씨가 있거든."

그렇게 여자들이 대화를 나누고 있을 때 귀빈실의 문이 열리며 훤칠하게 차려입은 멋진 청년이 등장했다. 바로 마로였다.

Chapter 03
새로운 사업

1

    베니무슈 공작의 성에 도착하기 전부터 마로는 한 가지 고민을 안고 있었다. 그것은 바로 카오스 상단이 이곳에서 어떤 사업을 벌일 것이냐 하는 것이었는데 아무리 생각해 보아도 마땅한 사업거리가 떠오르지 않았던 것이다.

    그러던 어느 날, 정확히 말하자면 베니무슈 공작 성에서 하루거리쯤 떨어져 있는 미쉐린 마을에서 그는 특이한 사람을 만나게 된다.

    후다다닥~

    "그건 옷이 아니야! 그런 쓰레기는 찢어서 버려야 해! 으

아아아~!'

"꺄악~! 그놈이 또 나타났다! 사람 살려~!'

일행들이 숙소에서 쉬고 있을 때 산책을 나섰던 마로는 그야말로 희한한 광경을 목격하고는 잽싸게 달려갔다. 나이가 그리 많아 보이지 않는 청년이 어떤 여자의 옷을 찢겠다고 설쳐대니 그냥 있을 수가 없었던 것이다.

"잠깐 멈추시오!'

"너는 뭐야! 저리 비키지 못해!'

마로가 그 청년의 앞을 가로막자 그는 방해자를 밀어내려고 하였다. 하지만 그의 몸짓은 그야말로 힘이 하나도 들어가 있는 것이 아니어서 마로는 의아하다는 생각을 하며 그의 팔을 잡아서 뒤로 비틀며 다시 입을 열었다.

"어허……. 이거 왜 이러시나, 잠깐 기다리라고. 아주머니, 이 사람 아는 사람입니까?'

"잘 알지는 못해요. 하지만 그 사람이 그렇게 나쁜 사람은 아니에요. 단지 이 시간쯤 되면 발작을 일으켜서 문제지만……."

여자는 의외로 청년을 불쌍하다는 듯 바라보며 이렇게 말을 했다. 마로가 행여 두 사람이 가까운 관계일 수도 있다 싶어서 심하게 다루지 않은 것이 다행이라는 생각이 들 정도였다.

"이거 놔! 이것 놓으란 말이야! 으아~!"

"발작이요? 무슨 병이라도 있는 건가요?"

한쪽 팔을 마로에게 잡혀 있는 청년이 마로의 손에서 벗어나기 위해 몸부림을 치며 소리를 고래고래 질렀지만 마로는 눈썹 하나 까닥하지 않은 채 또다시 물었다.

"저도 자세한 것은 몰라요. 정 궁금하시면 저쪽에 보이는 마을 회관 뒤쪽에 저 사람의 집이 있으니 그곳에 가서 물어보세요. 아무튼 도와주셔서 감사해요. 그럼 전 이만……."

그렇게 여자가 인사를 하고 사라지자 마로는 조금 난감해졌다. 괜한 일에 끼어든 것 같았기 때문이다. 하지만 어차피 이렇게 된 거 이 청년을 집에 데려다 주고 사연을 물어보기로 했다.

그녀의 말대로 마을 회관 뒤쪽에는 작은 목조 주택이 한 채 있었고 그 안에서는 작고 귀여운 소녀 한 명이 나와 청년을 이끌고 들어갔다.

"오빠를 데려다 주셔서 감사해요."

"감사는 무슨……. 그런데 너희 오빠라는 사람에게 무슨 사연이 있니? 아까 보니 어떤 아주머니의 옷을 찢으려고 덤벼들던데. 그 아주머니가 말리지 않았으면 크게 다치게 했을지도 모른다."

"아아……. 또 그런 일이 있었군요. 하지만 저희 오빠가 그렇게 난폭한 사람은 아니에요. 단지, 제국으로 유학을 갔다가 큰일을 당한 이후로 하루 한 번씩 발작을 일으켜서 문제긴 하지만요."

이렇게 시작된 소녀의 이야기는 그야말로 안타까운 사연을 담고 있었다.

청년의 이름은 안드레였는데 그는 한때 정말 앞날이 촉망되는 천재적인 재단사였다고 한다. 그는 겨우 열여섯 살 때부터 직접 옷을 만들기 시작했는데 어찌나 옷이 아름답고 재단이 잘되어 있는지 인근에 소문이 파다할 정도였다.

그러던 어느 날, 제국에 살고 있는 그의 친척 한 명이 찾아와 그를 제국 기술 아카데미에 입학시키자는 제안을 해왔다. 평민이라 해도 기술이 좋은 사람이라면 입학이 가능했고 그곳을 졸업하게 되면 출세가 보장될 뿐 아니라 운이 좋으면 하급 귀족 작위도 받을 수 있는 길이 열릴 수도 있기에 그는 물론 그의 부모들도 그 친척의 제안을 흔쾌히 수락했다. 뿐만 아니라 그를 제국으로 유학을 보내기 위해 그의 부모님들은 상당한 재산을 처분하였다.

축! 천재 재단사 안드레 제국 기술 아카데미를 수석으로 졸업하다!

그리고 그들의 그런 선택은 옳았음이 증명되었다. 그가 수석 졸업한 데다가 곧바로 황족들의 의류 전담반으로 전격 채용되었기 때문이다. 그곳은 황족들이나 고위급 귀족들의 옷만 취급하는 곳인지라 운이 좋으면 단숨에 귀족 작위를 받을 수도 있는 만큼 들어가기가 낙타가 바늘구멍으로 지나가는 것만큼 어려운 자리였다.

그렇게 그는 승승장구를 하며 장밋빛 미래를 꿈꿀 수가 있었다. 하지만 그의 그런 행복도 그리 오래가지 못했다. 그의 천재적인 실력을 시기하는 무리들이 있었기 때문이다.

어느 날 안드레에게 경이로운 임무가 주어졌다. 바로 황태자의 파티복을 만들라는 명을 받았던 것이다. 황태자의 파티복을 만든 재단사라면 그야말로 최고의 재단사로 인정받는 일이나 마찬가지였다. 그렇기에 그는 역대 황족들이 입었던 그 어떤 파티복보다 멋지고 세련된 파티복을 만들기 위해 밤낮을 쉬지 않고 연구하고 또 연구했다.

하지만 황태자의 파티복이 완성되던 날부터 그의 불행은 시작되었다. 기가 막히게 잘 만들어진 파티복을 보고 만족해하던 황태자가 '청년 황족들의 신년회 파티'에 그 파티복을 입고 등장했다가 잔뜩 화가 날 만한 일을 당한 것이다.

막상 파티장 안으로 들어가 보니 그의 사촌 동생인 본프레인 경이 자신과 거의 똑같아 보이는 디자인의 파티복을 입고 나타났기 때문이다. 게다가 알고 보니 그 동생은 그 파티복을 벌써 두 번이나 입고 파티에 참석했다 한다. 황태자보다 더 빨리 그 디자인의 파티복을 입었다는 말은 곧 안드레가 남의 디자인을 훔쳐서 황태자의 파티복을 만들었다는 것이 성립되었다.

물론 이런 일들은 모두 안드레를 시기하는 무리들이 만들어 낸 음모였지만 그것을 밝혀 낼 수 있는 사람은 아무도 없었다.

결국 그는 분노한 황태자에 의해 쫓겨날 수밖에 없었으며 그동안 쌓아 올렸던 모든 명성과 신뢰도 사라지고 말았다. 그는 너무나도 억울했지만 음모는 너무 완벽해서 그 누구도 그의 말을 귀담아 듣지 않았다.

그리고 더 불행한 것은 언제나 아들에게 기대를 걸었던 아버지께서 이 사건으로 충격을 받아 건강이 악화되어 버렸고 곧 이 년이 지나기 전에 세상을 등진 일이었다. 이때부터 그의 발작은 시작되었다고 한다.

"휴우… 그렇게 된 사연이에요. 그러니 너무 오빠를 나쁘게 생각하지 마세요. 죄송합니다."

"허어……. 듣고 보니 정말 억울하네. 그럼 어머니께서는 지금 어디 계시지?"

길고 긴 이야기가 끝날 때까지 조용히 듣고 있던 마로가 문득 이렇게 물어보았다.

"아버지께서 돌아가신 후 병을 얻으셔서 지금 이모님네 댁에서 요양 중이세요."

"집안 사정이 아주 안됐구나. 그것 참……. 그런데 네 말이 사실이라면 복수할 생각을 해야지, 어째서 이렇게 넋 놓고 사는 거지?"

"그건 내가 대답해도 되겠소?"

마로가 한심하다는 듯 말했을 때 아직까지도 마로에게 팔을 잡힌 채 시무룩하니 고개를 숙이고 있던 청년 안드레가 갑자기 끼어들었다. 이때서야 겨우 제정신을 차린 모양이었다.

2

정신을 차린 상태로 이야기를 하는 청년 안드레의 모습은 완전히 의외였다. 아까의 광기는 어디론가 사라지고 그야말로 무척이나 순하고 착한 청년으로 돌아온 것이다. 그의 그런 모습을 보면서 마로는 그의 동생의 이야기가 모두 사실임을 느낄 수 있었다.

"그들은 오래전부터 황실에서 일해온 자들입니다. 그렇기에 여기저기에 인맥이 대단하지요. 그런 자들에게 복수할 것을 꿈꾸기에는 제가 가진 힘이 너무 없습니다."

"만일 당신에게 복수할 수 있는 길이 있다면 할 생각은 있소?"

"그건 당연하지요! 어쨌든 저희 아버지께서는 그 일이 빌미가 되어 돌아가셨습니다. 할 수만 있다면 나와 내 가족의 행복을 앗아간 그들에게 복수하고 싶습니다."

마로는 그와 이야기를 나누는 동안에 문득 한 가지 생각이 떠올라 그를 이처럼 자극했다.

"그 복수라는 것이 꼭 그들을 죽여야 하는 거요? 내 생각이 오만 그들 앞에서 당신의 실력을 입증하는 것도 하나의 방법 같소만? 그게 입증만 된다면 그때 당신의 만들었던 파티복도 결국 모방이 아님을 알릴 수 있다고 여겨지는데……."

"물론 그들보다 더 멋진 옷을 만들어 세상에 알릴 수만 있다면 그게 가장 통쾌한 복수겠지요. 하지만 어떻게 그걸 입증합니까? 그럴 방법이 있으면 제발 알려주십시오."

비록 긴 대화는 아니었지만 역시 이 청년은 마로의 예상대로 아직도 순수했다. 그에게 가장 큰 상처는 재단사로서의 자존심을 잃어버린 일이라 여겼는데 그게 옳은 판단이었다. 그리고 자신의 예상이 맞아 떨어지자 마로의 입가에 회심의 미소가 떠올랐다.

"나와 동업합시다. 내가 당신의 복수를 도와줄 테니 당신은 나와 사업을 하면 되는 거요. 어떻소?"

"그, 그게 갑자기 무슨 소립니까? 동업이라니요?"

그렇지 않아도 베니무슈 공작의 성으로 오는 내내 사업구상을 했던 마로였다. 그런 그의 앞에 안드레가 나타난 것은 신의 계시라고 여길 만큼 극적이었다. 비록 만남은 짧았지만 그의 동생과 본인의 이야기를 듣는 사이 마로의 머릿속에는 기가 막힌 사업거리가 떠올랐던 것이다. 겨우 여섯 일곱 살부터 놀라운 장사수완을 보여 주었던 그인만큼 그의 사업적인 감각은 천부적이었다.

"내가 모든 비용과 사업에 필요한 자본을 댈 테니 당신은 천재적인 재단 솜씨를 투자하시오. 이득금의 이십 퍼센트를 당신 몫으로 주겠소. 아무래도 초기 비용이 많이 들어가야 하는 만큼 나에게는 위험 부담이 클 수밖에 없으니 그 정도면 충분할 것 같소만?"

"당신이 지금 구상하고 있는 사업이 타당성이 있고 또 내가 복수할 수 있는 여지만 있다면 나는 그저 먹고살 만큼만 줘도 되오."

얼핏 보면 이십 퍼센트가 적은 듯하지만 사실은 엄청 대단한 금액이 된다. 아무리 재단 솜씨를 제공한다 해도 그것만으로 전체 이득금의 이십 퍼센트를 줄 수 있는 상단은 없었다.

"무조건 이십 퍼센트는 주겠소. 그 정도는 받아야 하오. 거기에 사업이 잘 되면 플러스알파를 더 줄 테니 일단 나와 일을 합시다."

"우선 일에 대해서 먼저 설명해 주십시오. 듣고 결정하겠습니다. 그리고 미리 말씀드리지만 그냥 동네 장사를 할 생각이시라면 포기하십시오. 그런 장사로 복수할 수 있는 방법은 없을 테니까요. 그리고 그런 제안은 수도 없이 들어왔었습니다."

하긴 아무리 황실에서 쫓겨났다지만 어쨌든 제국 기술 아카데미를 수석 졸업한 사람이니 주변에서 탐내는 사람이 없는 것이 더 이상할 터였다.

"한 가지 물어보겠소."

"뭘요?"

"혹시 최근에 카오스 상단이라는 이름을 들어본 적 있소?"

"당연히 들어 봤죠. 최근 우리 왕국에서 가장 급성장하고 있는 상단을 누가 모르겠습니까? 혹시……?"

"그렇소. 그 카오스 상단의 도움을 받을 수 있소. 그 정도면 뭔가 가능하지 않겠소?"

설립한지는 얼마 되지 않았지만 이미 카오스 상단은 샹그레인 왕국에서 손으로 꼽아줄 만큼 성장해 있었다. 그런 거대 상단이 뒤를 봐주는 사업이라면 일단 보통은 넘을 것이라는 게 일반적인 생각인 것이다.

"으음……. 그렇기는 하겠습니다만 저는 돈 버는 것이 목적이 아닙니다. 대체 어떻게 복수를 할 수 있는지 그것을 설명해 주십시오."

"일단 우리 왕국에 옷가게를 오픈할 거요. 일반적으로 알려진 옷가게가 아니라 당신의 이름을 브랜드로 내세운 전문 옷가게를 말이오."

"제 이름을 브랜드화한 옷가게요?"

"그렇소. 당신 풀 네임이 뭐요? 평민이라 해도 풀 네임은 있을 것 아니요?"

"안드레 킴입니다. 비록 평민 집안이기는 해도 뼈대있는 킴 가문의 자손입니다."

"그렇다면 우리 가게 이름은 '안드레 킴의 전문 부티크'로 시작하겠소. 처음에는 아무도 모르겠지만 누가 봐도 고개를 끄덕일 만한 여성에게 당신의 옷을 입힌다면 이야기는 달라질 것이오. 물론 부티크를 할 장소 역시 평범하지는 않을 거요. 그렇게 점점 당신 솜씨가 소문나게 되면 곧 안드레 킴이라는 브랜드의 가치는 높아질 것이고 그것을 바탕으로 제국으로의 진출도 모색할 수 있을 거요. 내 의도를 이해하겠소?"

끄덕끄덕…….

마로의 질문에 안드레의 고개가 잽싸게 끄덕거려졌다. 이미 그의 이야기에 깊이 빠져든 것이다.

"여기서 중요한 것은 옷을 만들되 아무 옷이나 만들지 않는다는 거요."

"그럼 어떤 옷을?"

"바로 자신을 최고라고 여기는 귀족들만을 위한 옷을 단 한 벌씩만 만드는 것이 중요한 골자요."

"한 벌씩만 만들어서 어떻게 사업이 됩니까?"

자신의 솜씨가 아무리 좋아도 기계가 아닌 이상 만들 수 있는 양에는 한계가 있었다. 개인 적으로 버는 일이라면 망할 정도는 아니겠지만 그것만으로 사업을 한다는 것에는 확실히 무리가 있었다.

"당연히 처음에는 출혈이 크겠지. 하지만 그렇게 꾸준히 고급 옷만 만들어 내다보면 당신의 명성이 더욱 오를 것이고 그렇게 되면 당신이 직접 만든 옷값은 천정부지로 될 것이오. 물론 적당히 명성이 오른 시점부터는 안드레 킴의 수제자들이 만든 옷도 같은 브랜드를 붙여서 팔 수 있소. 안드레 킴 선생의 옷은 아니지만 그가 가르치는 제자들이 만든 옷이라는 것만으로도 날개 돋친 듯이 팔릴 테니 사업적인 걱정은 하지 마시오. 그건 내가 할 일들이오."

이야기가 진행될수록 순진한 재단사 안드레의 눈이 커지고 있었다. 처음에는 그저 지나가는 정의의 사도(?)쯤으로 여겼는데 알고 보니 자신과 비슷한 또래로 보이는 이 사람은 이야기를 나눌수록 보통 사람이 아니라는 것을 느꼈던 것이다.

"듣고 보니 쉽지는 않겠지만 가능성은 보이는 군요."

"한 가지만 더 물어보겠소."

"…… ?"

"혹시 그동안 혼자 만들어 놓은 옷은 없소? 내가 알고 있기로 장인들은 놀고 있을 때도 뭔가를 만드는 습관이 있던데……. 당신도 그렇지 않은가 해서 물어보는 거요."

"휴우……. 있지요. 우스갯소리처럼 들릴지 몰라도 밥 먹는 것보다 옷 만드는 것을 더 좋아합니다. 그나마 지금까지 살아 있는 것도 밤마다 옷 만드는 재미를 맛볼 수 있어서일지도 모릅니다. 이쪽으로 가보시지요. 저희 집 지하에 제 작업실이 있습니다."

그렇게 따라간 마로는 안드레를 따라 지하로 내려갔다. 그리고 그곳에서 안드레의 작업실을 본 순간 마로의 입이 딱 벌어졌다. 그 안에는 그야말로 눈이 부실 정도로 멋진 옷들이 즐비했기 때문이다. 결국 그의 여동생과 그가 했던 말들이 모두 진실이었음이 확인되는 순간이기도 했다.

"우리 당장 계약합시다. 당신은 내 생각 이상이오!"

그렇게 안드레 킴과 마로는 정식으로 계약서를 작성했다.

3

그가 나타나는 순간부터 페이샤마인의 얼굴을 발갛게 달

아올랐다. 그녀는 어찌나 심장이 두근거리던지 그의 얼굴을 똑바로 쳐다보지도 못할 정도였다.

"아니, 페이샤마인 양은 왜 그렇게 고개를 숙이고 있지? 어서 인사 하라니까. 이쪽은 멀리 헤이슈만 백작의 영지에서 부터 이곳까지 사업을 확장하기 위해 오신 샤이먼 남작이라네. 샤이먼 경. 여기 이 아가씨가 내가 전에 이야기했던 그녀라네. 어서 인사하게."

"안녕… 하세요……. 다시 뵙게 되서 반가워요."

"이런……. 우리 또 만났군요. 하하……. 이거 괜히 기분 좋은데요?"

페이샤마인이 이제 완전히 홍당무가 된 얼굴로 겨우 인사를 한 것에 비해 마로는 등장할 때보다 더욱 환한 미소를 지으며 이렇게 말을 했다. 그러자 옆에 있던 말피리온 후작부인이 눈이 휘둥그레져서는 페이샤마인을 한번 보았다가 마로를 보았다가 하면서 고개를 갸웃거렸다.

"아니, 두 사람 벌써 아는 사이였어? 거참. 인연은 인연인 모양이로군. 그런데 천하의 페이샤마인 양이 사내 앞에서 얼굴을 붉히는 경우도 다 있었네. 호호호."

"그러게 말입니다. 하지만 저 두 분은 정말 잘 어울리네요. 이곳 옷이 왜 그렇게 세련되어 보이나 했더니 다 이유가 있었군요. 주인이 워낙 멋쟁이라 그런 것 같아요."

마로가 선문 옷 매장을 개업하는 자리에 페이샤마인을 부른 것은 나름대로의 준비과정이 있었기 때문이다. 애초의 계획 속에 포함되었던 일은 아니지만 이렇게 일을 벌여놓고 보니 자신에게 행운까지 따라주는 것만 같았다. 새로운 사업과 페이샤마인을 유혹하는 일이 너무나도 절묘하게 잘 맞아 떨어지는 것 아닌가.

지금 이 자리에서 가장 큰 영향력을 가지고 있는 말피리온 후작부인 역시 그가 사업을 위해 고의적으로 접근한 사람 가운데 한 명이었다. 그녀와 함께 온 귀부인들 역시 같은 맥락이었다.

"제가 멋쟁이라서가 아니라 워낙 대단한 천재 패션 디자이너가 있기 때문입니다."

"천재 패션 디자이너요?"

"네. 아직은 젊어서 명성이 대단하지 않습니다만 저와 손을 잡은 이상 곧 우리 왕국 뿐 아니라 대륙 전체에 그 솜씨가 알려질 것입니다. 그는 충분히 그럴 만한 실력을 가진 사람이지요."

"도대체 어느 정도이기에 젊은 마스터님께서 그렇게 말씀하시는 것인지 궁금해지는군요."

"하하……. 이런 일은 말이 필요없습니다. 제가 오늘 말피리온 후작부인님을 비롯해서 이곳까지 특별히 초청한 것은 모두에게 저희 옷을 한 벌씩 선물해 드리기 위함입니다. 완전히 공짜는 아닙니다만……."

"공짜가 아니라면 얼마나 받으실 건데요?"

마로가 여기까지 이야기하자 귀부인들의 얼굴에 약간은 실망한 기색이 떠올랐다. 역시 이 사람도 장삿속으로 자신들을 불렀다고 여겼기 때문이다. 그런데…….

"제 말뜻을 오해하셨군요. 돈은 받지 않습니다. 단지, 제가 드린 옷을 입고 다니시다가 사람들이 어디서 그렇게 좋은 옷을 구입했느냐고 묻거든 그때 우리 샵을 홍보해 달라는 것입니다. 그래서 공짜가 아니라고 말씀드린 것이지요."

"어머……. 그 정도는 당연히 해드려야 하는 것 아닐까요? 그런데 정말로 돈을 받지 않으실 건가요? 꽤나 비싸 보이는 옷들인 것 같은데……."

마로의 말에 한 귀부인이 환하게 웃는 얼굴로 이렇게 물어왔다. 그러자 마로는 기다렸다는 듯 얼른 대답했다.

"저희 부티크에서 만든 옷은 가격을 쉽게 논할 수 없습니다만 일단 여러분들께 드리기 위해 준비 한 옷들은 한 벌 가격이 최소 10골드 이상은 할 것이니 모든 분들의 품격에 걸맞을 것이라고 생각합니다."

"그렇게 비싼 옷을 그냥 주시겠다니 젊은 마스터님의 배포가 보통이 넘으시네요. 그렇게 장사하다가 금방 망하시는 것 아니에요?"

　아무리 돈이 많은 귀족들이라지만 일반 서민 일 년치 벌이 정도 되는 옷 가격이 그리 우습게 여겨질 리가 없었다. 특히, 페이샤마인은 약간의 질책이 담긴 어조로 이렇게 말했다.

　"그런 걱정은 하지 마십시오. 이렇게 세련되고 멋지신 레이디 분들께 겨우 그 정도 선물을 한다고 망할 정도는 아닙니다. 그리고 이건 솔직히 비밀입니다만 제가 이곳에 초대하신 분들은 모두 이 왕국에서 둘째가라면 서러워하실 만큼 쟁쟁한 패션 리더들이십니다. 그런 분들이 저희 부티크 옷을 입어주시는 것만으로도 저는 그저 영광일 따름입니다. 물론, 지금부터 드리는 옷이 마음에 들지 않는다면 입지 않으셔도 상관없습니다. 그럼 이제 잠깐 디자인실로 가실까요? 모두에게 딱 맞는 옷이 그곳에 준비되어 있습니다."

　마로가 페이샤마인의 얼굴을 잠깐 바라보다가 이렇게 사무적으로 이야기를 하자 그녀는 괜히 가슴이 철렁했다. 그가 정말로 자신에게 관심이 없는 것처럼 느꼈기 때문이다.

　하지만 그렇다고 이런 자리에서 그에게 노골적으로 다가가 이야기할 수도 없는 노릇인지라 그녀는 얼른 표정을 관리하며 다른 사람들의 뒤를 따라 디자인실로 올라갔다.

　"어서들 오십시오. 안드레 킴입니다."

　"오……! 당신이 그 천재 패션 디자이너라는 분이시군. 이거 반갑소."

"과찬이십니다. 저는 그저 옷 만드는 것을 좋아하는 평범한 사람일 뿐입니다. 아무튼 모두 반갑습니다. 모두 이쪽을 보십시오. 여기에 걸려 있는 옷들에는 각자의 이름이 적혀 있을 것입니다. 일단 입어 보시고 잘 맞지 않는 부분을 말씀해 주십시오. 오늘 중으로 꼭 맞도록 해드리겠습니다."

"와우~ 뷰티풀~!'

인사를 하는 동안에도 모두의 시선은 이미 디자인실 중앙에 걸려 있는 환상적인 옷에 머물러 있었다. 그것은 그야말로 그녀들이 알고 있는 그냥 옷이 아니었다. 보는 것만으로도 감탄사가 절로 나오는 최고의 예술품이라고 해야 옳을 것 같았다.

그래서인지 모두 재빠르게 자신의 이름이 적혀 있는 옷을 찾느라 잠시 허둥거렸다. 어서 빨리 이 아름다운 옷을 입어보고 싶었던 것이다.

"당신 옷은 이쪽에 있습니다. 저를 따라 오십시오."

하지만 그녀들과 달리 아직 움직이고 있지 않던 페이샤마인에게 마로가 다가가 이렇게 말을 했다.

"제 옷만 별도로 두었다고요? 어째서 그런……."

"제가 초대할 사람들의 명단을 작성할 때부터 예정되어 있던 일입니다. 어쨌든 페이샤마인님은 우리 왕국 최고의 미인이신데 더 특별한 대우를 해드리는 게 당연하지요."

"너무 속보이는 것 같은 말씀만 하시는군요. 원래 당신은 여자들에게 늘 이런 식인가요?"

페이샤마인은 속으로는 너무 기뻤지만 겉으로는 퉁명스러운 말투로 이렇게 대꾸하곤 곧 후회했다. 그녀의 강한 자존심이 이럴 때는 그다지 도움이 되지 않는 것이다.

마로는 그녀의 이런 공격적인 발언에 속으로 약간 당황했지만 여전히 여유있는 표정으로 바라볼 뿐이었다.

Chapter 04
그녀의 마음을 얻어라!

1

　페이샤마인은 겨우 옷 한 벌을 가지고서 저렇게 자신있어
하는 마로가 안쓰러웠다. 물론 이 부티크의 옷이 확실히 특이
하고 예쁜 것은 인정하지만 이미 오래 전부터 남들이 인정하
는 패션 리더답게 그녀에게는 실로 엄청난 옷들이 있었다. 그
가운데는 왕국 최고의 디자이너들이 그녀에게 선물한 옷들도
수두룩했으며 몇 벌은 그녀가 제국을 여행할 때 구입한 것들
도 있다. 그런 상황이니 겨우 옷 한 벌로 쉽게 마음이 움직이
겠는가.

　"이 안에 있습니다. 잠깐만 눈을 감아 주실까요?"

"눈은 왜요?"

"일단 감아 봐요."

마로가 가까이에서 이렇게 말을 하자 페이샤마인은 심장이 두근거림을 느끼면서도 여전히 말투는 퉁명스러웠다. 그가 시키는 대로 바로 하면 쉬운 여자라는 이미지를 줄까봐 두려웠던 모양이다.

마로는 그런 그녀의 마음을 이미 짐작하고 있었기에 그녀가 뭐라 하든 그다지 신경 쓰지 않고 그녀가 눈을 감자마자 얼른 손을 잡아끌고는 별실 안으로 데리고 들어갔다.

"자 이제 눈을 떠봐요."

화악~

"이, 이게 정말 내 옷이란 말인가요?"

분명 그녀는 옷에 대해서만큼은 자신의 안목이 대단함을 믿어 왔다. 방금 전까지도 세상에서 가장 예쁜 옷이라 해도 자신이 놀랄 것이라고는 아예 생각지도 않고 있었다. 하지만 그녀가 눈을 뜨는 순간 베일이 벗겨진 진열장에는 그야말로 말로 형언하기도 힘들 만큼 아름답고 눈부신 드레스 한 벌이 걸려 있었다.

처음 볼 때는 열정적인 붉은색 같았는데 다시 살펴보니 그것은 녹색을 띠는 것 같았으며 금방 푸른색으로 보이기도 했다. 한마디로 옷 색깔이 보는 각도에 따라 달라지는 정말 신기한 옷이었던 것이다.

"이 대륙을 통틀어서 유일하게 당신만이 입을 자격이 있는 바로 당신의 옷이라오. 어떻소? 마음에 드오?"

"이건… 옷이 아니에요. 이런 옷이 존재한다는 자체가 기적이에요! 대, 대단해요."

우아하면서도 섹시한 느낌을 주고 거기에 청순함마저 풍겨줄 것만 같은 옷이 있다는 자체가 이해가 가지 않았다. 페이샤마인은 이런 신기한 옷을 직접 보고 있으면서도 믿을 수가 없었다.

"그렇게 넋 놓고 있지만 말고 어서 입어 보시오. 탈의실은 저쪽이오."

"진짜… 입어도 되요?"

"하하……. 그렇게 당찬 아가씨가 뭘 그리 두려워하오? 다시 말하지만 이 옷의 주인은 바로 당신이오."

"그, 그럼 입어 볼게요."

만에 하나 그가 보여준 옷이 그녀가 지금까지 익히 보아 왔던 옷이었다면 그녀는 분명 입는 것을 거부했을 것이다. 왜냐하면 그녀는 마로에 대해 큰 호감을 가지고 있었지만 그와 처음 만났을 때 거절당했던 것이 아직까지 마음에 맺혀 있었기 때문이다. 하지만 그런 자존심마저 이 옷 앞에서는 무용지물이었다. 그만큼 지금 옷이 주는 유혹은 가히 절대적이었던 것이다.

 "아직 멀었소? 뭐가 그렇게 오래 걸리는 거요?"

 "다 됐어요. 곧 나가요."

 삐이걱…….

 그렇게 탈의실의 문이 열리자 이번에는 마로의 눈이 있는 대로 커지고 말았다.

 "우리 안드레가 모든 옷은 그 임자가 따로 있는 법이라 해서 믿지 않았었는데 그의 말이 옳았군. 어쩌면 저렇게 아름다울 수가……. 옷만 보았을 때와는 또 다른 느낌이야."

 "어… 어울리나요?"

 "그 옷을 만드는 데 들어간 원가가 일천 골드입니다."

 "네에? 그, 그게 정말인가요?"

 혼자서는 그렇게 감탄을 해놓고 막상 그녀가 잘 어울리느냐고 묻는 질문에 뜬금없이 옷을 만드는 데 들어간 비용을 말하는 마로였다. 하긴 무려 거금 일천 골드나 들어갔으니 생색을 내고 싶었을 지도 모른다.

 "사실 나는 디자이너 안드레에게 미쳤다고 했었소. 옷 한 벌 만드는 데 일천 골드라니……. 누가 들어도 미쳤다고 하는 것이 당연할 것이오. 하지만… 당신이라면 더 비싼 옷을 만들어서 드려도 전혀 아깝지 않다는 생각이 방금 들었소."

 "아아……."

그 말 한마디에 페이샤마인의 마음이 무너지고 말았다. 사실 부자라면 미인을 얻기 위해 일천 골드 이상도 얼마든지 쓸 수 있을 것이다. 하지만 같은 돈이라 해도 어떻게 쓰느냐에 따라 그 가치는 확연히 다른 법.

마로는 일천 골드로 그 누구도 얻지 못했던 그녀의 마음을 단숨에 얻었다고 할 수 있었다. 바보라 해도 지금 몽롱하게 풀려버린 그녀의 눈빛에서 충분히 그것을 짐작할 수 있었다.

"당신은 누구인가요? 어째서 갑자기 제 앞에 나타난 거죠?"

"아마 그것은 당신이 필요해서일 거요. 하하……."

"그렇다면 성공했어요. 제가 무엇에 필요한지 말씀해 보세요. 제가 할 수 있는 것이라면… 들어줄게요."

원래 자존심이 강한 여인일수록 이성에게 마음을 열게 되면 더 적극적으로 변하는 법이다. 지금 페이샤마인도 그랬다. 그녀는 이제 완전히 마로에게 마음을 연 것이다.

"그렇게 급한 일은 아니니 일단 모두가 있는 곳으로 돌아갑시다. 다들 궁금해할 것입니다."

"그러면 그분들께서 돌아가고 나서 저와 저녁식사를 하기로 해요. 어때요?"

"그거 좋은 생각이오."

똑똑…….

마로가 그렇게 대답하는 순간, 누군가가 그들이 있던 별실의 문을 두드렸다.

"후작부인께서 찾으십니다, 마스터."

"알겠다. 곧 간다."

기다리기가 지루했는지 말피리온 후작부인이 그들을 재촉하는 것 같았다. 그러자 마로는 천연덕스러운 표정으로 오른팔을 들어 올렸고 페이샤마인은 너무도 자연스럽게 그런 그의 팔에 자신의 팔을 걸고는 허리를 더욱 꼿꼿하게 펴며 발음음도 가볍게 움직였다.

모든 이들이 빛을 보았다. 아니, 그렇게 느꼈다.

"와우~ 원더풀~!"

"어떻게 저렇게 아름다울 수가……. 이건 신의 솜씨다!"

최고의 미녀가 최상을 옷을 입은 모습에 두 사람을 기다리던 부인들은 모두 경악을 하였다. 그녀들 눈에도 옷과 페이샤마인의 아름다움이 너무도 잘 조화롭게 보였던 것이다. 어떨 때는 하늘에서 여신이 강림한 것처럼 신비로우면서도 도도해 보였고 또 어떻게 보면 마치 자유로운 요정이 등장 한 듯 그렇게 발랄고도 귀여워 보였다.

바로 이 옷이 훗날 '아마네스(미의 여신)의 날개' 라는 이름으로 불리며 대대로 물려 내려가게 되는데 이 옷을 입었을 때

몸에 사이즈가 딱 맞으면 왕후가 된다는 믿기 힘든 전설까지 낳게 된다.

어쨌든 비록 고가의 비용이 들긴 했지만 이날 마로의 선물 공세는 그야말로 그가 초대박을 터뜨리는 데 중요한 밑거름이 될 것이 분명했다. 왕국내의 모든 귀부인이나 아가씨들, 그리고 부유한 상인 집안의 여자들이 구름처럼 안드레 킴의 부티크로 몰려왔기 때문이다. 아무리 수제품이라지만 한 벌에 최하 오백 골드에서 부터 최상급 의상은 무려 이천 골드를 호가했으니 그 수입이 적을 리 없었다. 마로에 의해서 그야말로 옷 한 벌에 건물 몇 채가 왔다 갔다 하는 기현상이 벌어진 것이다.

2

소심한 자들이 늘 그렇듯이 그 역시 파티에 초대받지 못한 날부터 내내 속으로 앙심을 품고 있었다. 어쨌든 그의 나이에 자작 위를 가진 데다가 인물 훤칠하지 검술 실력도 어느 정도는 되지 그 어느 모로 보나 그가 여자에게 외면당하는 일은 거의 없었다. 그래서인지 그날의 일은 그의 평생 가장 큰 수치로 남아 있었다.

쾅!

"뭐라고! 나의 그녀가 별볼일없는 장사꾼과 같이 '티몬스 드림 레스토랑'으로 갔다는 게 사실이냐?"

"그렇습니다, 자작님."

"그놈은 무슨 장사를 하는 놈이냐?"

"옷 가게를 새로 개업한 것 같습니다. '안드레 킴 부티크'라는 이름의 가게입니다."

그는 대대로 물려받은 자작이라는 지위에 걸맞게 꽤나 재산이 많은 사람이었다. 그랬기에 수시로 스카이 블루 호텔을 들랑거리며 페이샤마인에게 환심을 사기 위해 애를 써왔다. 사실 원래부터 물려받는 작위와 재산인지라 그는 게으를 수밖에 없었고 그 점으로 인해 페이샤 마인의 눈 밖에 난 것이라 할 수 있었다. 스스로는 전혀 모르는 사실이었지만…….

"안드레 킴 부티크라고? 빌어먹을……. 그녀에게 대시하는 사람이 레니쉬 백작이라면 그래도 이해를 하겠어. 그분 정도면 작위도 그렇고 어느 모로 보나 내가 크게 자존심을 다칠 일도 없잖아? 하지만 겨우 장사꾼 나부랭이라니……. 내가 그런 놈보다도 못하단 거야, 뭐야?!"

"자작님. 아직 두 사람이 데이트를 하는 것인지 정확하진 않습니다. 어쩌면 그자가 장삿속으로 페이샤마인님을 대접할 수도 있잖습니까?"

"이런 바보 같은 놈! 너는 명색이 가장 잘나간다는 어쌔신이라면서 아직 그녀의 성향조차 파악하지 못했느냐? 그녀는 절대로 그런 이유로 남자와 단둘이 식사를 하는 여자가 아니다."

그가 눈앞에 있는 사내에게 이처럼 화를 내자 사내의 표정이 한순간 스산하게 바뀌었다.

"아무리 의뢰인이라 해도 말씀은 가려서 하시지요? 놈이라니요. 우리 지부장님도 날 그렇게 부르지는 않습니다."

"으음… 그건 미안하네. 아무튼 좋아. 이렇게 되면 그냥 참고 넘어갈 수가 없지. 자네는 그들이 식사가 끝나는 대로 그 장사꾼 놈을 처리해 주게. 그리고 나서 계속해서 그녀의 동태를 감시해 주게."

사내가 위협적인 어조로 이렇게 따지자 그는 곧바로 말투를 바꾸며 사과했다. 그만큼 사내의 포스가 대단했던 것이다.

어쨌든 그는 바로 얼마 전 페이샤마인의 파티에서 쫓겨났던 벤드렌 자작이었다. 그날의 일이 맺혀서 거금을 들여 유능한 어쎄신 한 명을 고용한 모양이었다. 처음의 고용 목적은 페이샤마인의 일거수일투족을 감시하는 것이고 두 번째 목적은 그날 자신에게 모욕을 주었던 자들을 처리하려는 것이었지만 그 과정에서 마로의 존재가 걸려든 것이다.

"그가 내일 해를 볼 수 없도록 만들어 드리지요. 하지만 이 일은 원래 의뢰에 없던 것이니 수고비를 별도로 쳐주셔야겠습니다."

"얼마면 되겠는가?"

"의뢰가 여러 건이시니 이번 건은 서비스 차원에서 저렴하게 해드리지요. 선수금 일백 골드 그리고 일처리가 끝난 후 일백 골드입니다."

사람 목숨 하나에 걸린 돈치고는 그리 많은 것은 아니지만 확실히 거금이 오가는 거래임은 분명했다. 일 골드면 네 식구가 한 달을 먹고 살 수 있는 세상에서 이백 골드면 얼마나 큰 돈이겠는가.

"휴우… 저렴하다 해도 역시 비싸군. 하지만 일만 정확히 처리 한다면 그 정도는 아깝지 않지……. 그리고 한 가지… 그날 날 위협했던 놈의 정체는 알아보았는가?"

"네, 그자는 과거 우리와 같은 직업을 가졌다가 손을 씻은 자입니다. 당시에 '나이트메어' 라는 암호명으로 꽤 활발하게 활동했던 모양입니다."

"역시 내 예상대로군. 하긴 정정당당하게 덤볐으면 내가 그리 쉽게 당할 리가 없었겠지. 빌어먹을 놈. 좋아. 우선 장사꾼 녀석을 처리하고 나서 다음은 그놈과 시건방진 지배인 놈이다. 어서 가라. 가서 그 재수없는 놈을 죽여라."

"알겠습니다. 그럼 이만……."

애초 그가 어쎄신을 고용한 목적이 바로 이것이었다. 그날 파티장에서 당한 수모를 갚고 또 수단 방법을 가리지 않고 페이샤마인을 차지하고 싶은 게 그의 본심이었다.

어쨌든 그렇게 어쌔신 한 명이 자신의 목숨을 노리기 위해 사라진 그 시간, 마로는 눈부신 미모의 여신과 함께 오붓한 저녁식사를 하고 있었다.

"대체 여기는 어떻게 알았죠? 베니무슈 성을 처음 방문 하신 분이 알 만한 장소가 아닐 텐데요?"

"미인과 저녁식사를 하기 위해 정보통을 최대한 가동해 미리 알아둔 것뿐이오."

"과연 용의주도하시군요. 미인이라……. 그건 저를 지칭하는 말은 아닌 것 같군요. 다른 분과 오려고 알아둔 곳을 저와 온 거 아닌가요?"

마로는 설마 그녀가 이렇게까지 깊이 따지고 들어 올 줄은 몰랐던 지라 은근히 당황했다. 그러나 바로 그때 다행스럽게도 얼마 전 루나가 해주었던 말이 떠올랐다.

"여자는 이상할 정도로 뭐든지 확인하고 싶어 하는 습관이 있지요. 특히 그 상대가 자신의 호기심을 자극하는 남자라면 더욱 그래요. 만에 하나 그런 경우를 겪게 되면 지금 내가 하는 이 말을 기억하세요. 여자가 뭔가 확인하고 싶어 할 때는 그게 무엇이든 그녀와 관련이 되게 말해야 한다는 것을……. 꼭 명심해야 합니다. 이 말뜻을 곧 깨달을 때가 올 거예요."

그녀의 이 말이 떠오르자 마로의 마음이 다시 차분해졌다.

"우리 처음 만났을 때… 기억나오?"

"당연하죠. 어찌 그런 경험을 잊을 수 있겠어요."

"그때 당신이 나를 파티에 초대했던 것도 기억하는 거요?"

"네. 그런데 갑자기 그 이야기가 왜 나오는 거죠?"

그날의 기억이 떠오르자 다시 자존심이 상하는 페이샤마인이었다. 이유가 어쨌든 거절당했던 기억이니 좋을 리 있겠는가.

"그날… 나는 정말 눈부시게 아름다운 한 여성을 만났었소. 그녀가 나를 파티에 초대해 주는 순간, 너무 기뻐서 심장이 터질 정도였다오. 하지만 그때 나는 무척이나 중요한 약속이 잡혀 있어서 차마 갈 수가 없었던 거요."

"그럼 제가 싫거나 미워서 거절한 게 아니었나요?"

"허어… 그 누가 당신을 보고 싫거나 밉다고 하겠소? 진짜로 그런 사내가 있다면 아마 그 자의 눈부터 바꿔줘야 할거요. 당신은 내가 지금까지 보았던 그 어떤 여성보다도 아름답소."

"그, 그런 입에 발린 거짓말을 하시다니……."

얼핏 생각하기에 최고로 잘난 여자들은 어느 정도 까졌다고 생각한다. 워낙 남자들의 유혹이 많아서 그러리라 착각하는 것이다. 하지만 알고 보면 오히려 그런 여자들이 더 순진할 때가 많다. 페이샤마인도 세상에는 사교계의 여왕으로 알려져 있었기에 남자를 잘 안다고 오해하기 쉽지만 사실을 알고 보면 전혀 그렇지 않았다. 지금도 마로의 달콤한 말 한마디에 얼굴이 새빨개지는 것을 보면 그녀는 분명 순결한 처녀일 확률이 높았다.

"내 눈을 자세히 보시오. 내가 정말 거짓말하는 것으로 보이오?"

도리도리…….

마로 역시 무척이나 잘생긴 청년이다. 특히 그의 눈은 바다처럼 깊어 보이는 파란색인 데다가 그의 핏줄이 가진 기이한 특색상, 묘하게 검은 빛깔이 은은히 나타난다. 이런 눈을 보고 있자면 그 속으로 빠져 드는 착각이 일어날 정도이다. 페이샤마인은 마로의 눈빛을 가까이에서 보는 순간, 그의 말이라면 무엇이든 모두 믿을 수밖에 없는 바보가 되고 말았다.

3

사내는 어느 때부터 이름을 거의 잊고 살았다. 그를 아는 모든 사람들은 그를 냉정한 켄이라고 부른다. 켄은 그의 조직에서 그를 부르는 일종의 암호명이다. 그가 조직에 몸담은 지도 어언 십 년이 넘었기에 이제는 이름을 써도 되건만 그는 이제 켄이라는 호칭이 더 익숙해진 상태인지라 그럴 생각조차 없었다.

"빌어먹을 자작 녀석……. 또 한 번만 사고를 치면 조직에서 자른다는 지부장님의 이야기만 없었으면 오늘 다리몽둥이를 분질러 놓았을 텐데……. 어따 대고 놈이라 하는 거야."

켄은 조금 전에 있었던 불쾌한 기억이 떠올랐는지 말을 달리며 이렇게 중얼거렸다. 그는 지금 밴드렌 자작의 의뢰를 해결하기 위해 티몬스 드림 레스토랑이 있는 곳으로 급히 가는 중이었다.

"일단 이곳에 말을 묶어 두고 갈까. 어쨌든 티몬스 드림 근처는 워낙 조용해서 말을 달리게 되면 놈이 이상한 낌새를 느낄지도 모르니 조심하는 게 좋겠지."

그는 성의 외곽 쪽으로 접어드는 입구쯤 있는 마구간에 말을 맡기고는 홀가분한 차림으로 다시 이동했다. 티몬스 드림 레스토랑은 성 외곽에 위치하고 있었던 것이다.

'헛. 이동하는 건가? 일단 숨자.'

휘릭~

그가 티몬스 드림 레스토랑에 도착하는 순간, 그와 거의 동시에 마로와 페이샤마인이 레스토랑 안에 있는 정원으로 나왔다. 아마도 산책을 하려는 것 같았다.

'네놈이 아주 명을 제대로 재촉하는 구나. 적시에 밖으로 나오는 걸 보니…….'

아무리 유능한 어쌔신이라 해도 특별한 경우만 아니라면 사람들이 많은 장소에서 일을 저지르지는 않는다. 그랬다가는 괜히 성 방위군들의 추적 대상이 될 수도 있기 때문이다. 켄은 성격이 워낙 꼼꼼해서 더욱 그런 짓은 하지를 않았다. 그게 어쩌면 그가 지금까지 생존해 올 수 있었던 비결인지도 모른다.

"이곳의 인공호수는 정말 멋지군. 역시 대도시는 뭐가 달라도 달라. 일개 레스토랑에도 마법의 조명이 다 있으니……."

"이미 제국을 중심으로 실용마법이 보편화된 세상이에요. 이런 마법 조명쯤은 이제 흔한 게 되어 버린 거죠."

"하긴 이번에 우리 부티크도 사방에 마법조명을 설치했으니……. 그런데 말이오……."

"네?"

말을 하던 마로가 갑자기 자신의 어깨를 잡더니 얼굴을 가까이하며 이렇게 말을 하자 페이샤마인의 심장은 미친 듯이 뛰기 시작했다.

"인공호수에 비쳐지는 조명이 아름답긴 하지만 내가 볼 때 이곳에는 더욱 아름다운 빛이 있는 것 같소."

"더 아름다운 빛이요? 그게 뭐죠?"

"바로 당신의 눈빛이오. 당신의 눈빛은 세상의 그 어떤 보석보다도 아름답소."

"아……."

정말 유치찬란한 멘트였지만 그 말 한마디에 페이샤마인의 마음은 녹아내리고 있었다. 이미 첫 만남부터 그의 놀라운 검술 실력과 사내다운 무뚝뚝함에 빠져버렸던 그녀였다. 그녀 평생 자신을 거부했던 첫 번째 남자라는 것만으로도 깊은 관심을 갖게 했던 사내가 드디어 자신에게 반한 것 같아 보이자 그녀의 마음은 더욱 기꺼웠는지도 모른다.

하지만 얼굴이 빨개지며 좋아하는 그녀와는 달리 한구석에 숨어서 온몸을 비비 꼬는 인간도 한 명 있었다.

'으으……. 염병. 저놈이 진짜 제비 같은 놈이었군. 어휴, 내 손발이야. 이거 암살하기 전에 내 손발이 오그라져 소멸하겠군! 확 죽여 버려? 계집은… 좀 아깝군. 그냥 조금만 참다가 둘이 떨어질 때 처리하자.'

켄은 나이가 서른둘이나 되었지만 아직까지도 여자는 욕구를 푸는 도구일 뿐 연애 대상이 아니었다. 그는 아직까지 연애다운 연애를 해본 적이 없었기에 이런 장면에서는 더욱 손발이 오그라들었다.

그런데…….

덥썩~!

"어머!"

그가 잠시 한눈을 파는 사이 둘이서 또 무슨 대화를 나누었는지는 몰라도 갑자기 남자가 여자를 끌어안는 것 아닌가. 거기까지만 이었다면 켄이 그토록 광분하지는 않았을 터였다. 그러기에는 그의 수양이 꽤 깊었다. 문제는 그 이후에 일어났다. 저 뺀질거리게 생긴 사내가 그렇게 여자를 끌어안더니 오른손으로 그녀의 엉덩이를 슬슬 쓰다듬는 것 아닌가.

그는 처음에 그 광경을 보며 울컥했지만 젊은 남녀가 그럴 수도 있다 싶었다. 그런데 그렇게 여자의 엉덩이를 쓰다듬던 손에서 기묘한 변화가 일어났다.

'헛… 저, 저게 뭐지? 설마… 설마… 아닐 거야…….'

남자의 오른손 중앙에서 뭔가가 슬금슬금 올라온 것이다. 그것은 바로 가운데 손가락이었다. 즉, 여자를 안고 있던 사내는 마치 켄에게 보여주려는 듯 여자 몰래 가운데 손가락을 불쑥 치켜 올렸던 것이다. 이는 표현 그대로 보는 이로 하여금 엿 먹으라는 뜻이 명백했다. 게다가 켄에게는 저 가운데 손가락에 대한 아주 나쁜 기억이 한 가지 있었다.

켄은 어쌔신이 되기 위해 모든 것을 버리고 조직에 몸담기 전까지는 그야말로 왕따였고 그의 친구들은 그를 볼 때마다 가운데 손가락을 치켜 올리며 그를 약 올리곤 했던 것이다. 물론 그들은 지금 모두 땅에 묻혀 버렸지만 그의 기억 한구석에는 늘 그때의 치욕스러운 일들이 고스란히 남아 있었다.

"이런 개새끼를 보았나! 죽어라!"

슈우욱~!

마로가 켄의 과거를 알 리가 없다. 그는 어제부터 켄이 자신의 동태를 살피기 위해 숨어서 훔쳐보는 것을 이미 감지하고 있었다. 그가 원래 어쌔신인 것은 아니지만 어쨌든 지금은 어쌔신 단체의 총수 아니던가. 그가 아니라 해도 언제나 그의 주변을 맴돌고 있는 아울라와 죽음의 사신단이 있는 이상 그어떤 어쌔신도 완벽하게 숨어 있을 수는 없을 터였다.

물론 지금은 아울라 등은 그의 명령에 의해서 다른 곳에 있어야 했지만 이미 마로의 짐승적인 감각이 진즉에 켄의 존재를 알려줬던 것이다. 그렇기에 일부러 그가 있음직한 방향으로 이처럼 약을 올렸던 것에 불과했다. 그 역시 설마 그 작은 행동으로 신중하기 짝이 없는 어쌔신이 괴성을 지르며 공격할 줄은 꿈에도 몰랐던 것이다.

"어머나!"

"이런, 요즘은 레스토랑 정원에도 멧돼지를 풀어 놓나 보네. 웃샤!"

아무리 흥분을 했다지만 켄의 이번 공격은 그야말로 일격 필살의 비기가 숨어 있었다. 그는 목표물의 실력 고하와 상관 없이 일단 손을 쓰면 최고의 수법을 사용하는 프로였다. 그런 만큼 이번 공격을 피할 수 있는 사람은 없었다. 최소한 지금 까지는 그랬다.

하지만 그의 상식을 비웃기라도 하듯 마로는 너무나도 간 단하게 그의 공격을 피해 버렸다. 그것도 페이샤마인을 번쩍 들어 올린 채 말이다.

"제법이군. 하지만… 타핫!"

이미 정체가 노출된 이상 망설일 이유는 없었다. 켄은 첫 공격이 실패하자마자 곧바로 자세를 가다듬더니 숨쉴 새도 없이 곧바로 두 번째 공격을 가했다. 이번에는 양손에 단검을 든 쌍검 공격이었다.

"어이없게 흥분하는 어쌔신 치고는 꽤 하는군. 하지만 그 런 수법은 내게 애들 장난이나 마찬가지. 단검은 이렇게 쓰는 것이다."

휘리릭~! 차창~! 퍼억~!

"큭!"

챙그랑…….

페이샤마인은 지난번에도 마로의 실력을 대충 보았지만 그의 품에 안긴 채로 코앞에서 그의 신기한 동작을 보게 되니 그야말로 감탄을 할 수 밖에 없었다. 한쪽 팔로는 자신을 안고 있는 가운데 가벼운 몸짓으로 품속에서 검이 튀어 나오게 하더니 다른 손으로 그 검을 잡아 순식간에 공격했던 어쌔신의 검을 쳐냈다. 그뿐이 아니었다. 검을 쳐 냄과 동시에 품안에서 튀어 나온 단검의 손잡이로 그 어쌔신의 머리통을 그대로 후려쳤던 것이다. 설명은 길었지만 이런 사태는 불과 일이 초 사이에 일어났다.

"놀라지 않았소?"

"저, 저는 괜찮아요. 당신이 제 귀에 수상한 자가 우릴 노린다며 제 엉, 엉덩이를 쓰다듬을 때만 해도 믿지 못했는데 정말이었군요."

"물론이오. 내가 설마 그런 거짓말로 여자의 엉덩이나 쓰다듬는 파렴치한인 줄 알았소?"

그랬다. 마로가 페이샤마인의 엉덩이를 쓰다듬을 때 이런 핑계를 댔던 것이다. 이건 말 그대로 핑계였지만 의외로 페이샤마인은 생각보다 쉽게 걸려들었다. 그 덕분에 음흉한 마로의 손이 크게 호강한 것은 물론이고 말이다.

"죄, 죄송해요. 전 당신이 정말로 엉큼한 사람인줄 알았어요."

정말 알면 알수록 페이샤마인은 순진했다. 마로가 당황스러울 만큼 말이다.

"영감님. 거기 있는 거 다 압니다. 이자를 데리고 가서 족보를 좀 캐주십시오. 누가 사주한 일인지 알아야겠습니다."

"커험! 알고 계셨군요. 허허… 달빛을 따라 산책을 나오다 보니 이곳까지 온 것이지 절대로 총수님을 미행한 것은 아닙니다. 그건……."

"저 바쁩니다."

"네… 이놈 이리 와라."

"아악! 살살 좀……."

퍽! 투다닥! 퍽퍽!

"끄악~!"

그렇게 아울라와 켄이 사라지자 마로는 자연스럽게 페이샤마인의 어깨에 팔을 두르더니 이렇게 말했다.

"밤이 늦었으니 집까지 바래다 드리겠소. 저런 흉포한 놈이 또 나타날까 봐 두렵소."

"감… 사해요……."

그 짧은 시간의 만남에 비하면 무척이나 가까워 보이는 두 사람이었다.

'어느 놈이 시킨 것인지는 몰라도 그놈 참 마음에 드는군. 이건 루나가 세웠던 작전보다 더 절묘한 타이밍인 것 같잖아. 호호…….'

마로는 생각보다 일이 더 잘 풀리는 것 같자 회심의 미소를
지으며 이런 생각을 하였다. 졸지에 벤드렌은 자신도 모르는
사이에 그의 작전을 도와준 꼴이 되어버린 것이다.

Chapter 05
베니무슈 공작

1

화려하면서도 웅장한 베니무슈 공작의 내성안으로 누군가
가 급히 달려 들어갔다. 그는 원래부터 내성안의 사람들과 잘
아는 듯 삼엄하게 경비를 서던 기사들과 병사들은 그가 달려
서 들어가는 것을 제지하기는커녕 모두 부동자세를 취하며
군례를 올리고 있었다. 꽤나 높은 사람인 모양이다.

"각하! 남서부 정보 담당 테네시 자작이 각하를 급히 찾습
니다. 어떻게 할까요?"

"들어오라 해라."

"네!"

공작가문의 산하에는 수많은 정보 조직이 존재한다. 당연한 것이 그처럼 거대한 조직을 이끌기 위해서는 신속하고 정확한 정보가 필수인 것이다.

"각하를 뵈옵니다!"

"어서 오라. 날 찾은 이유가 무엇이냐?"

"헤이슈만 성안에 있는 우리 정보원이 이상한 보고를 보내왔는데 그 내용이 심상치 않아 제가 직접 각하께 말씀 드리기 위해 급히 왔습니다. 그 일로 결재받을 사항도 있을 것 같아서요."

"헤이슈만 성이라면 지금 그리티안이 가 있는 성 아니더냐?"

베니무슈는 테네시 남작의 말을 듣다가 문득 그리티안이 잘 지내고 있는지 궁금해졌다. 원래 그다지 좋아하던 딸은 아니었지만 어쨌든 아직은 써먹을 곳이 많은 녀석 아니던가.

"맞습니다. 실은 바로 그 그리티안 공녀님에 관한 일 때문에 온 것입니다."

"그리티안에게 무슨 변고라도 생겼느냐? 지난번 보고 때까지만 해도 아무 탈 없이 일이 잘 진행된다고 들었는데……."

"그걸 잘 모르겠습니다. 그쪽 정보원이 보낸 소식에 의하면 벌써 두 달 가까이나 아무런 연락이 없다는 겁니다. 워낙 공녀님께서는 평소에도 그리 자주 연락하는 편은 아니라서 처음에는 일이 바빠져서 그런가 보다 했답니다. 아직은 비공식적인 이야기지만 헤이슈만 백작이 죽었다는 이야기가 나오고 있다 합니다. 그것과 공녀님과 밀접하다고 생각해서 더욱 바쁠 거라 생각했던 것이지요. 그런데 아무리 그렇다고 해도 이렇게 오래 연락이 없는 것은 뭔가 이상한 일 아니겠습니까?"

워낙 루테민이 비밀을 엄수시키고 있었기에 이 정도지 그렇지 않으면 이미 헤이슈만 백작이 죽었다는 소문이 벌써 퍼졌을 것이다. 그러나 아무리 그렇다 해도 공작가의 정보조직의 눈을 완전히 속인다는 것은 무리였다. 애초부터 그것 때문에 마로가 움직인 것 아니겠는가. 이 정도면 그래도 상당한 시간을 끌어온 것이라 할만 했다.

"뭐시라고! 두 달째 연락이 두절되었다고? 그게 지금 말이라고 하는 게냐!"

"죄, 죄송합니다."

"끄응……. 하긴 그 녀석 성격이 워낙 괴팍해서 그럴 수도 있었겠지. 하지만 너무 오랫동안 방치했다."

"그래서 저희 정보원이 헤이슈만 성안으로 직접 들어가려고 한 모양입니다. 그런데 요즘 헤이슈만 백작님이 아프다는 것을 핑계로 일체 출입을 막고 있는 실정이라 합니다. 아무래도 각하께서 사람을 보내겠다고 헤이슈만 성안에 통신을 넣어 주셔야 할 것 같습니다."

베니무슈 공작은 뭔가 수상하다는 것을 느꼈다. 그리티안의 성격으로 보아 어느 정도 독단적인 것까지는 이해가 갔지만 그녀라 해도 공작가의 정보원을 무시할 정도는 아니다. 헤이슈만 백작이 죽은 것으로 보아 어느 정도 임무를 훌륭히 완수한 것 같은데 대체 어째서 그런 좋은 소식을 전하지 않고 있는 것일까? 그게 가장 궁금했다. 그녀는 언제나 자신의 관심을 받고 싶어 하지 않았던가.

"내 당장 통신을 보낼 테니 너는 지금 바로 정보원에게 성 안으로 들어가 그리티안을 만나라고 지시해라."

"네! 각하!"

비록 공작성이나 헤이슈만 백작 성이나 모두 하이로드의 성인지라 마법 통신이 가능하기는 하다. 하지만 워낙 거리가 멀기 때문에 통신을 하려고 하면 마법의 중계소를 거쳐야만 한다. 그러다 보니 간단한 전문은 몰라도 자세한 이야기는 통신으로 하기가 힘들었다. 마로 등에게는 실로 다행스러운 일이라 할 수 있었다.

"각하! 페이샤마인 공녀님께서 오셨습니다."

"오, 그래? 어서 들라 하라."

"네!"

그렇게 테네시 자작이 나가고 난 후 통신실로 가려던 공작은 갑자기 등장한 페이샤마인으로 인해 도로 자리에 앉았다. 절묘한 타이밍으로 인해 비록 아주 잠깐이기는 했지만 마로 등에게는 시간을 벌어주는 그녀였다.

"그간 별고 없으셨죠? 아버지."

"그래… 어서 와라. 넌 그 잠깐 사이에도 더 예뻐졌구나. 뭐 좋은 일이라도 있는 게냐?"

이미 공작은 페이샤마인에게 별볼일없는 놈이 붙은 것을 알고 있었다. 그의 눈으로 볼 때 마로는 그야말로 양아치인 것이다. 하지만 그런 티는 내지 않은 채 웃는 얼굴로 이야기를 했다. 비록 양녀이긴 해도 그는 진심으로 페이샤마인을 친딸 이상으로 예뻐하고 있었다.

"사실은 최근에 만나는 사람이 생겼어요. 비록 지방의 하찮은 장원의 주인에 불과하지만 그는 정말 똑똑하고 멋져요. 그러니 아버지께서도 한번 만나보셨으면 좋겠어요."

"으음……. 우리 딸이 그렇게 극찬을 할 정도면 보통 청년은 아니겠구나. 좋다. 내 한번 만나 보겠다. 내일 저녁식사 때 데리고 오려무나."

"감사해요. 아버지!"

속으로는 부글부글 끓고 있었지만 일단 공작은 참았다. 알고 보면 페이샤마인은 그에게 히든카드와 같은 존재였다. 벌써부터 그녀는 제국의 네 번째 황자와 은밀히 혼담이 오고 가는 중이었다. 비록 두 번째 부인자리이긴 하지만 어쨌든 제국의 황자와 혼인을 하게 되면 그의 든든한 후원군이 될 것은 분명했기에 오래전부터 그런 자리를 물색해 왔던 것이다. 일단 황자가 자신의 딸을 보기만 하면 일은 끝난 것이나 다름없었다. 그만큼 그녀가 가진 매력은 그 어떤 남자라도 거부하기 힘들 것이라 확신했다.

그런데 이럴 때 고작 장원 주인이라니……. 남들이 들으면 까무러칠 정도로 말이 안 되는 일이었다. 하지만 자신만큼이나 고집스러운 페이샤마인의 성격을 아는지라 일단은 참고 만나보기로 하였다. 만나본 다음 그놈을 어떻게 처리할 것인지 결정하는 것이 백번 현명한 일이었다.

"그놈에 대해 뭔가 알아낸 것이 있느냐?"

페이샤마인이 돌아가고 나자 공작은 허공에 대고 이렇게 물었다.

"특별한 것은 없습니다. 단지, 그자가 오픈한 샵이 지금 우리 성뿐 아니라 왕국의 귀족들 사이에서 엄청난 관심을 보인다는 것뿐입니다. 사업수완은 보통인 아닌 것 같습니다."

"으음……. 겨우 장사꾼 나부랭이가 감히 내 딸을 넘봐? 죽고 싶어서 환장한 놈이로군. 일단 내일 만나보고 결정할 테니 그렇게 알아라."

"네! 각하!"

허공 속에 숨어 이는 자는 공작의 비밀 호위는 물론 그의 충실한 비서 역할까지 하는 자였다. 그 누구도 그의 정체를 알지 못했지만 그는 공작의 주변에 있는 모든 인물들을 훤히 꿰고 있었다. 그야말로 소름끼치는 인간이라 할 수 있는 자였다.

2

마로는 또 다른 의미에서 베니무슈 공작과의 만남을 기대하고 있었다. 공작만이 유일하게 그의 부모님을 죽인 원수와 끈이 닿아 있다고 생각했기 때문이다.

"저도 같이 가고 싶지만 공작의 관사 내부까지는 무리에요. 그곳은 그야말로 용담호혈이라 할 수 있죠. 아무리 뛰어난 은신술도 결국 걸리고 말 거예요."

"당신은 몇 번 들어가 본 사람처럼 이야기하는데? 어떻게 그렇게 잘 알지?"

오늘 저녁 공작과의 식사에 마로가 초대받았다는 소리를 듣자마자 그의 측근들은 머리를 맞대고 이런저런 것을 연구하는 중이었다. 그중 가장 큰 문제는 아무래도 그의 신변 보호였다. 그가 아무리 뛰어난 실력을 가진 사람이라 해도 그의 측근들 입장에서는 걱정이 될 수밖에 없는 터…… 때문에 누가 공작가 관사 안까지 은밀히 호위를 할 것인가를 논의 중이었던 것이다.

"그, 그거야 우리 윈드스토리가 워낙 방대한 정보를 가지고 있기 때문에 대충 아는 거죠. 지금은 그게 문제가 아니잖아요. 당신만 들어갔다가 행여 위험에 처할 수도 있다는 것을 먼저 주지하시라고요. 공작은 겉으로 보기에는 무척이나 너그러운 것 같지만 알고 보면 정말 목적을 위해 수단 방법을 가리지 않는 무서운 인간이라고요. 자신의 수양딸에게 접근한 당신을 그가 좋게 보고 있을 리가 없어요. 아마 초대한 이면에는 당신이 마음에 들지 않을 경우 아예 성을 나서기도 전에 제거할 생각도 하고 있을 게 분명해요. 그는 충분히 그러고도 남을 인간이거든요."

"아무리 공작성 내부가 무서운 곳이라 해도 나는 언제든지 탈출할 자신이 있으니 걱정 말라고. 그리고 그렇게 걱정이 되면 아울라 부총수랑 함께 가면 될 거 아냐. 다른 사람은 몰라도 부총수라면 절대 걸리지 않을 것 같은데?"

"허허… 역시 절 알아주시는 분은 총수님뿐이십니다."

천장 어딘가에 매달려 있던 아울라가 자신의 이야기가 나오자 불쑥 마로 앞에 등장해서는 이렇게 주절거렸다.

처음 등장할 때는 무척이나 무서운 사람인 것 같았는데 알고 보면 여러 가지로 순진한 노인이 바로 그였다.

"아… 그건 그래요. 그곳에 대단한 자들이 많긴 하지만 대륙 최고의 은신술을 가지고 계신 아울라 부총수님이라면 절대 걸릴 리가 없죠. 그럼 이렇게 해요. 저와 죽음의 사신단은 내성 입구 근처에 은신해 있을 테니 당신은 부총수님과 들어가세요. 행여 무슨 일이 벌어지면 그때는 우리도 함께 움직일게요."

"거참… 알았어. 미인이 날 이렇게 걱정해 주니 기분은 과히 나쁘지 않은데? 하하하."

"허튼 소리 그만하고 어서 서둘러요. 약속시간까지 얼마 남지 않았어요."

"알았어. 이미 저녁 만찬에 어울리는 옷을 안드레 킴이 준비해 놨으니 입고 가기만 하면 돼. 어차피 마차야 그녀가 준비했을 것이고……."

그렇게 이야기를 마치고 난 후, 마로는 마침내 페이샤마인과 함께 마차를 타고 공작의 관사로 향했다.

과연 공작이 사는 곳이라 그런지 그 안은 정말로 대단했다. 그 크기와 규모는 말할 것도 없고 사방에 멋진 그림이 걸려 있었으며 무엇 하나 값싸 보이는 물건이 없었다. 마로가 만일 카오스 상단을 만들어서 운영해 오지 않았다면 그 화려함에 기가 죽을 정도로 베니무슈 공작의 관사는 대단했다.

그런 관사를 느긋하게 구경하며 회랑을 돌자 마침내 공작가의 전용 식당이 나타났다.

"어서 오십시오. 공녀님."

"수고가 많아요. 아버지께서는 와 계신가요?"

"물론입니다. 손님보다 늦는 것을 싫어하시는 분이시잖습니까? 이미 가신 분들과 함께 기다리고 계십니다."

"호호…… 그렇죠. 어서 들어가야겠군요. 그럼 계속 수고해 주세요."

"네!"

페이샤마인은 식당 입구에 서 있는 경비 기사와 잠시 이야기를 나누더니 곧 마로의 손을 잡아끌며 안으로 들어갔다.

"안녕하세요, 아버지. 늦어서 죄송해요. 인사드리세요. 저분이 바로 베니무슈 공작님이세요."

"처음 뵙겠습니다. 벤자민 드 샤이먼이 영명하신 군주 베니무슈 공작 각하께 인사 올립니다."

페이샤마인의 소개를 따라 마로가 정중하게 인사했다. 그의 이런 인사는 그야말로 적절해서 귀족 가에 무척 어울릴 뿐더러 조금도 주눅이 든 태도가 아니라서 보는 이들에게 의외라는 느낌을 전해주고 있었다. 지금 이곳에는 공작 외에도 그의 가신들도 몇 사람 와 있었다.

"흐음…… 자네가 요즘 귀족가의 여인들을 잠 못들게 한다는 안드레 킴 부티크의 주인이자 내 딸을 훔쳐가려는 사람인가?"

공작의 느닷없는 말에 다들 당황한 기색이 역력했다. 말투도 그렇고 내용도 그렇고 자칫 대답을 잘못하면 큰일이 벌어질 것만 같은 분위기가 일어났기 때문이다. 설마 공작이 이렇게 빨리 긴장감을 조성할 줄은 그 누구도 예측하지 못했다. 그래서 인지 모두의 시선은 마로에게 집중될 수밖에 없었다. 그가 어떻게 대응할지 모두 궁금했던 것이다.

"제가 부티크 주인인 것은 맞습니다만 따님을 훔쳐 갈 사람은 절대 아닙니다. 저는 그저 그녀를 사모할 따름입니다."

"그 이야기는 우리 딸이 다른 사람과 혼인을 한다 해도 그저 사모하기만 하겠다는 말로 해석해도 되겠나?"

이번에는 페이샤마인의 숨소리가 작아졌다. 그녀도 극도로 긴장한 모양이다.

"그럴 리가요. 저희가 안 지가 얼마 되지 않아 그저 사모한다고 표현한 것뿐이지, 그걸로 끝내겠다는 뜻은 절대 아닙니다. 그녀를 사모하는 이상 어떻게 해서든지 그녀의 마음 역시 저에게 가져올 생각입니다."

"장사꾼이라 그런지 역시 말주변은 대단하군."

"죄송합니다만 장사꾼이라는 표현은 자제해 주십시오. 저는 사업가이지 장사꾼은 아닙니다."

"사업이라······. 장사와 사업은 다르다는 말인가?"

처음에는 젊은 놈이 참 건방지다 생각했다. 하지만 대화가 이어 질수록 공작은 점점 그의 언변에 빠져들고 있었다. 아니, 그 뿐이 아니라 이곳에 있는 모든 사람들은 마로의 다음 대답이 너무도 기다려졌다.

"물론 다릅니다. 장사는 오로지 돈을 벌기 위해서 하는 행위지만 사업은 이루고자 하는 것을 바라보고 경제 활동을 하는 것이라 할 수 있지요. 즉, 사업은 더 크고 원대한 목표를 위해 시작하는 것입니다. 마치 각하께서 영지를 잘 다스리기 위해 해마다 새로운 경영 방식을 연구하는 것처럼 말입니다."

"푸하하하! 그러고 보니 그 말이 맞는 것 같군. 좋았어. 이제 부터 자네를 절대 장사꾼이라 부르지 않겠네. 어서 앉게 사업가 양반. 너도 거기 앉아라."

"감사합니다."

"고마워요, 아버지."

겉으로 보기에는 어느 모로 보나 마로가 베니무슈 공작의 마음에 쏙 든 것처럼 보였다. 페이샤마인도 그런 줄 알고 처음의 긴장된 표정은 사라지고 얼굴에 화사한 미소가 피어올랐다. 그러나 마로는 이때 이미 보았다.

호탕하게 웃는 척하는 공작의 얼굴 속에 실로 섬뜩한 기운이 숨어 있는 것을 말이다. 그것을 보고 그는 확신할 수 있었다. 공작이야말로 자신의 원수와 분명 어떤 식으로든 관련이 있다는 것을.

3

마로의 재치있는 대답 덕분에 만찬은 그야말로 순조롭게 진행되었다. 하지만 알고 보면 지금 마로와 공작은 보이지 않는 싸움을 하고 있는 중이었다. 공작은 얄미울 정도로 똑똑한 마로를 어떻게 하면 자연스럽게 제거할 수 있는지를 연구하고 있었고 마로는 마로대로 그리티안의 죽음이 알려질 경우 벌어질 전쟁을 무슨 수로 늦출 수 있을까 하는 생각에 골몰하며 식사를 하고 있었다.

"그런데 자네."

"네, 각하!"

"정말로 자네가 말했던 사업이라는 것과 내가 영지를 다스리는 것에 공통점이 있다고 생각하나?"

"물론입니다. 사람을 잘 운용해야 하는 것도 그렇고 계획 속에서 체계적으로 진행해야 하는 것도 그렇고 비슷한 점이 한두 가지가 아닐 거라 생각됩니다. 물론 저는 아주 적은 규모의 장원만 경영해 봐서 다는 모릅니다만… 기회가 되면 언젠가 각하께 영지 경영에 관한 고견을 듣고 싶습니다."

마로의 화술 가운데 한 가지 장점은 자신이 하고 싶은 말은 다 하되 상대로 하여금 기분이 나쁘지 않게 하는 면이다. 지금처럼 말끝을 겸손하게 끝내는 것도 그런 방법 중 하나였다.

"나 역시 자네와 하고 싶은 말들이 많네. 자네의 특이한 생각에 대한 호기심이랄까? 그래서 하는 말인데……."

"……."

베니무슈 공작이 말끝을 흐리자 마로는 숨을 죽였다. 뭔가 특별한 이야기가 나올 것 같아서였다. 아니나 다를까…….

"내가 듣기로 자네는 가게는 오픈했지만 아직 집은 마련하지 못했다더군. 어떤가? 앞으로 집을 구할 때까지만이라도 우리 집에 기거하는 것이? 이곳에서 지내며 가끔씩 나와 말벗을 해주었으면 좋겠군 그래."

"네? 이. 이곳에서요?"

마로로써도 공작의 이런 제안에는 놀라지 않을 수 없었다. 하지만 그는 침착해지려고 애를 쓰며 빠르게 두뇌를 회전하기 시작했다.

'그렇지 않아도 시간이 필요했는데 이거 뜻밖의 기회다. 하지만 저 음흉한 인간이 순수한 마음으로 날 잡아두려는 것은 아닐 터……. 뭔가 있을 것이다. 그래, 그가 무슨 꿍꿍이가 있든 어차피 전쟁을 늦추려면 이 안에서 움직이는 게 여러모로 편하겠지.'

"왜? 싫은가?"

"싫다니요. 그럴 리가요! 우리 왕국 최고의 영주님과 함께 시간을 보낼 수 있는 기회가 주어졌다는 게 쉽게 믿기지 않았던 것뿐입니다. 그렇게만 해주신다면 전 영광입니다."

"어머……. 축하해요. 샤이먼 남작님. 우리 아버지께서 이런 호의를 베푸신 것은 당신이 처음인 것 같네요. 호호호."

두 사람의 꿍꿍이를 전혀 모르고 있는 페이샤마인은 환한 얼굴로 웃으며 마로에게 축하 인사를 건넸다. 그녀는 베니무슈 공작이 마로를 마음에 들어한 것으로 착각하고 있었기에 지금 너무나도 기쁜 상태였다.

[총수님, 들리시죠? 제 말이 들리시면 왼손을 테이블 위에 살짝 올리십시오.]

그런데 바로 그때, 마로의 뇌리에 아울라의 목소리가 울려 퍼졌다. 그가 가지고 있는 또 하나의 특별한 기술인 모양이었다. 마로는 그의 말이 들리자마자 너무나도 자연스럽게 테이블 위로 왼손을 올려놓았다.

[지금 주변에 숨어 있는 공작의 사람들 몸에서 무서운 살기가 일어나고 있습니다. 아무래도 뭔가 있는 것 같으니 조심하십시오.]

끄덕끄덕…….

과연 아울라의 능력은 대단했다. 그는 다른 것보다도 공작

의 숨어 있는 검은 마음을 그의 비밀 호위들의 살기를 통해서
알아차린 것이다. 그래서인지 마로 역시 순순히 그의 말에 긍
정의 표시를 하였다.

"좋아, 그렇다면 내일 바로 이쪽으로 들어오게. 내 집사장
에게 자네의 거처를 마련하라고 지시하겠네."

"감사합니다, 각하."

결국 마로는 적과의 동침을 결정했다. 어쨌든 공작과 함께
생활을 하게 되면 여러 가지로 유리할 게 분명했다. 예를 들
어 최악의 경우에는 공작을 암살하기도 용이한 것이다. 물론
그런 일은 피하는 게 좋다. 한나라의 공작이 암살당하게 되면
여러 가지 문제와 극심한 혼란이 발생할 수도 있기 때문이다.

"휴우~ 힘들다. 아무튼 당신은 생각보다 대단해요. 전 지
금까지 아버지 앞에서 당신처럼 당당하게 이야기하는 사람을
본 적이 없었어요. 다들 그분의 눈치 보기에만 급급했었죠."

"그들의 심정이 이해가 가오. 나 역시 각하를 처음 뵙는 순
간 심장이 멈출 뻔했다오."

식사가 끝나고 나자 잠시 티타임을 갖고 나서야 그들은 만
찬을 끝낼 수가 있었다. 그러고 나서 내일을 기약하며 작별인
사를 한 후에야 페이샤마인과 마로는 공작의 관사를 나왔다.

그렇게 관사를 벗어나자마자 페이샤마인은 긴 안도의 한
숨을 내쉬며 이렇게 입을 열었다. 그만큼 그녀도 아버지와의

만남이 힘들었던 모양이다.

"심장은 제가 멈출 뻔했다고요. 특히, 당신이 장사꾼이라고 하는 표현은 자제해 주십시오라고 말할 때는 차라리 정신을 잃었으면 싶은 생각이 들 정도였다니까요."

"틀린 말을 한 것도 아닌데 어째서 그렇소?"

"물론 그것은 아니에요. 하지만 그 누구도 감히 아버지께서 하신 말씀을 가지고 그런 식으로 이야기할 수 는 없었을 거예요. 그리고 만에 하나 당신이 아버지 마음에 들지 않았다면 아마 그 자리에서 크게 화를 입었을지도 몰라요. 그분께서는 늘 인자한 미소를 짓고 계시지만 당신의 말씀이 곧 법인 분이시거든요."

"듣고 보니 괜히 식은땀이 다 나는군요. 하하……. 하지만 어쨌든 결과가 좋으니 그걸로 된거 아니요?"

마로는 일부러 엄살을 부리며 이렇게 너스레를 떨었다. 아직은 그녀에게 자신의 모든 것을 보일 수 없는 일이었다.

"당연하죠. 그런데 정말 아버지와 함께 생활해도 괜찮겠어요? 지금이라도 아닌 것 같으면 그만두셔도 되요."

"내가 그만둘 것 같소?"

"샤이먼 남작님께서는 저를… 좋아하시나요?"

"물, 물론이오."

마로가 그녀의 말에 대답 대신 이런 식으로 되물어보자 그녀는 갑자기 간단하게 대답하기 곤란한 질문을 하였다. 그는 사실 목적을 위해 페이샤마인에게 접근한 것이지 그녀가 정말로 좋아서 접근한 것은 아니었다. 물론 그녀가 아름답고 또 생각보다 착한 것도 알게 되었지만 그것과 이성적으로 좋아하는 것과는 별개였다. 때문에 약간은 머뭇거리면서 대답한 것이다. 그는 양심에 찔렸지만 지금은 어쩔 수 없는 상황이라고 스스로를 위로했다.

"그럼 다행이에요. 아까 나오기 직전 아버지께서 하신 말씀이 당신이 우선은 사윗감이라고 여겼기에 시험을 하기 위해 일부러 집안에 들이는 것이라고 귀뜸을 해 주시더군요. 그런데 만에 하나 당신이 저를 좋아하지도 않는데 그런 시험을 받게 되면 그건 잘못된 일이라는 생각이 들어서 물어 본 거예요. 죄송해요."

"당신이 죄송할 게 뭐가 있소? 그런 말은 하지 말고 앞으로 우리 잘해 봅시다. 당신과 가까워지기가 그리 쉽지는 않겠지만 나는 나대로 노력해 볼 생각이오."

"고마워요, 남작님."

와락~!

마차 안에 아름다운 여인과 단둘이 타고 있다 보니 그렇지 않아도 괜히 호흡이 가빠졌던 마로였다. 그런 상황에서 그녀가 갑자기 그의 품 안에 몸을 던지자 그는 아예 혼이 나갈 지

경에 이르렀다. 그녀 특유의 황홀한 내음은 물론 마치 연체동
물을 품에 안은 것과 같은 부드러운 감촉이 그의 혼을 빼가는
것만 같았다.

4

마로가 베니무슈 공작의 관사에서 생활한지도 벌써 삼일
이 지났다. 그리 길지 않는 시간이었지만 그는 그동안 공작과
그의 가솔들에 관해 꽤 많은 정보를 알아낼 수가 있었다. 그
는 공작의 수양딸과 수양아들들이 생각보다 많다는 것을 파
악하게 되었는데 한 가지 기이한 일은 정작 그의 친딸이나 친
아들은 없다는 점이었다.

'어느 모로 살펴도 그는 건강해 보인다. 호흡은 규칙적이
고 몸놀림은 가볍기 때문이다. 그리고 그의 부인은 아름답고
현숙하다. 그럼에도 불구하고 어째서 후사가 없는 것일까?
그의 계보를 따져 봐도 형제자매가 다섯 명이나 있고 아직 생
존해 있는 삼촌도 한 명이 있다. 이는 대를 잇지 못할 만큼 집
안 내력 상 후손이 귀한 것도 아니라는 뜻. 여기에는 뭔가가
있는 게 분명하다. 그게 뭘까?

마로는 다들 그냥 스쳐지나갈 만한 부분에서 뭔지 모를 수
상함을 느끼고 있었다. 어쨌든 그렇게 오늘도 그는 자연스러

운 태도로 관사안의 여기저기를 돌아다니며 은밀하게 각종 정보를 수집하는 중이었다. 그런데 그때 갑자기 그의 귓전으로 아울라의 목소리가 들려왔다.

[총수님. 그가 자주 가는 단골 술집을 다니며 조사해 보았는데 총수님의 말씀대로 단 한 번도 여자랑 동침한 적이 없다 합니다. 그래서인지 술집 마담들은 공작을 진짜 신사라고 존경하는 눈치더군요. 그런데 총수님께서는 그자가 그럴 것이라는 것을 어찌 아셨습니까?]

[그냥 느낌이었소. 어쨌든 그렇다면 그는 미인계는 통하지 않을 인물이라고 봐야겠군요. 그럼 이제 부터는 그의 수양아들과 딸들에 관한 정보를 좀 더 자세히 알아보시오. 뭔가 틈을 찾아내야 우리 일이 쉬워집니다.]

[무슨 말씀이신지 알겠습니다. 수양아들이나 딸들이 아버지에게 가지고 있는 불만이 무엇인지를 알아보라는 거지요?]

[후후. 역시 부총수님은 말이 통해서 좋소. 바로 그거요.]

같이 일을 하면 할수록 마로는 아울라가 마음에 들었다. 그는 비록 나이는 많지만 그래서인지 더욱 눈치가 빨랐으며 능력이 비상해서 어떤 일을 맡기든지 든든한 느낌을 주고 있었다.

지금도 다른 수하들 같으면 무슨 뜻인지 몇 번을 물어 봤을 테지만 그는 단번에 마로의 의중을 짐작했던 것이다.

[그렇지 않아도 공작의 수양딸들과 수양아들에 관한 정보를 수집하던 중 공작이 처음으로 맞아들인 수양아들이 요즘 아버지에 대한 불만이 극에 달했다는 정보를 입수해 총수님께 긴히 보고드릴 참이었습니다.]

[아… 그런 일이 있었소? 그렇다면 일단 우리 저택으로 가서 편히 이야기합시다. 루나도 기다리고 있을 거요.]

[알겠습니다.]

마로가 공작의 관사로 들어오면서 그는 루나와 아울라, 그리고 다른 수하들을 위해서 공작의 성 외곽 쪽에 아담하고 조용한 저택을 하나 장만해 놓았다. 그곳이 그들에게는 비밀 회합장소이기도 했다.

"어서들 오세요. 마로님은 못본 사이 신수가 훤해지셨네요. 요즘 연애 하는 재미가 쏠쏠하신가 봐요."

"오랜만이다. 그런데 그게 무슨 소리지? 이번 작전은 당신이 세운 것이나 마찬가지인데 왜 그리 비꼬는 거야? 내가 뭔가 잘못한 거라도 있었나?"

여전히 루나의 마음을 눈치채지 못하고 있는 마로인지라 그녀가 지금 질투심에 사로 잡혀 있는 것을 알지 못했다. 그녀 스스로도 왜 화가 나는지 모를 정도니 마로가 안다는 것은 거의 불가능했다.

"그럴 리가요. 늘 완벽하신 마로님께서 잘못하긴요. 너무 잘해서 전직이 제비였던 게 아닐까 의심스러울 정도인걸요."

"말이 너무 심하다. 우리가 아무리 별 사이가 아니라 해도 말은 함부로 하지 마라. 농담도 정도가 있는 법이다."

순간, 마로의 몸에서 실로 항거하기 어려운 카리스마가 뿜어 나왔다. 그러자 루나는 자신도 모르게 몸을 움츠리며 사과할 수밖에 없었다. 지금은 분명 그녀가 잘못한 것이다.

"죄, 죄송해요."

"됐다. 앞으로 조심하면 된다. 그나저나 아울라 부총수님. 아까 하던 이야기를 마저 합시다."

루나가 너무 순순히 잘못을 시인하자 마로는 괜히 무안해져서 이렇게 말을 돌렸다. 왠지 그녀에게 미안해졌지만 그렇다고 이제 와서 태도를 바꿀 수는 없는 것이다.

"네, 총수님. 공작의 첫 번째 수양아들 이름은 아돌프로 올해 나이는 마흔여섯 살입니다. 그는 현재 성의 방위군 사령관을 맡고 있는데 공작의 측근 하나가 묘하게도 그의 권력을 견제하고 있습니다. 하울론 백작이라는 자인데 그가 명목상은 부사령관이지만 알고 보면 방위군의 실권을 가지고 있습니다. 아돌프는 그야말로 허수아비 노릇을 하고 있는 것이지요."

"그래요? 그거 아주 흥미로운 사실인걸? 그자를 잘만 이용하면 재미있는 작품이 나올 수도 있겠군. 그 부분을 조금 더 깊이 파볼 필요가 있겠소."

"어느 부분을 집중적으로 알아볼까요?"

아울라의 이야기를 듣는 순간 마로의 머리가 빠르게 회전하기 시작했다. 뭔가 영감을 얻은 모양이다.

"지금 현재 방위군 내부에 아돌프의 세력 분포와 하울론이란 자의 세력을 좀 더 자세히 알아보시오. 아무리 견제를 받고 있다고는 하나 사령관이라면 그 나름대로의 세력이 분명히 존재 할 거요."

"알겠습니다."

"그리고 루나 양은 하울론 백작의 집으로 가서 그의 약점이 될 만한 것을 알아보도록. 그런 위치에 있다면 분명 뭔가 구린 구석이 있을 거야. 그걸 찾아내야 해. 무슨 말인지 이해하지?"

"네, 알겠어요. 한마디로 그가 공작의 측근 행세를 하지 못하게 할 수 있는 약점을 찾으라는 거죠? 그래야 아돌프에게 힘을 실어줄 수 있을 테니까요."

루나가 여기까지 이야기하자 마로의 얼굴에 감탄의 기색이 떠올랐다. 이 여자가 설마 이 정도까지 자신의 생각을 꿰뚫어 볼 줄은 몰랐던 것이다.

"맞, 맞아. 내가 어떤 작전을 구상하고 있는지 감을 잡은 것 같군. 하울론의 약점을 잡게 되면 아돌프의 세력을 확장하기가 쉬워질 거야. 그리고 그가 세력을 얻어야 간이 부을 것이고 말이야. 권력은 늘 피보다도 진한 유혹을 가지고 있는 거 아니겠어?"

"당신은 정말 무서운 사람이에요. 베니무슈 공작이 이번에는 정말 강적을 만난 것 같군요."

마로가 원하는 것은 바로 공작가의 내분이었고 루나는 그의 그런 생각을 정확히 파악했다. 아무리 거대한 집단도 내분이 일어나게 되면 무너지기가 쉬운 것이다.

"자, 이제 내 의도를 알았으면 어서들 움직입시다. 우리에게 주어진 시간은 그리 많지 않다오."

"알겠습니다. 총수님. 그럼 나중에 다시 뵙겠습니다."

휘익~!

그렇게 아울라가 먼저 사라지자 루나가 갑자기 마로에게 다가가더니 그의 팔을 잡으며 올려다보았다.

"아까는 정말 죄송했어요. 당신이 제비가 아닌 것은 제가 누구보다도 잘 알아요. 하지만… 그렇다 해도 당신은 나빠요."

"그, 그건 또 무슨 소리요?"

"됐어요. 시간이 없으니 저도 서두를게요. 그럼 이만……."

마로가 말리고 자시고 할 틈도 없이 루나는 수수께끼 같은 말만을 남긴 채 사라져 버렸다. 그녀가 하고 싶은 이야기는 무엇이었을까? 마로는 이런 생각을 하게 되자 골이 지끈지끈 아파왔다.

Chapter 06
전쟁의 조짐

1

윈드스토리에서 비밀의 이야기 주인 노릇을 한다는 것은
그리 쉬운 일이 아니다. 루나가 그곳의 주인이 된 것은 우연
인 것도 아니고 줄이 좋아서 그런 것도 아닌 순전히 자신의
능력으로 된 것인만큼 그녀에게는 실로 여러 가지 재주가 있
었다.

감쪽같은 은신술은 물론 여러 가지 정보를 수집하고 분석
하는 능력도 있었는데 지금 그녀는 바로 그런 능력들을 십분
잘 활용하고 있었다.

"이쪽입니다, 부사령관님."

"알겠네."

루나가 하울론 백작을 감시하기 시작한지 꼬박 이틀. 그동안 그녀는 단 한순간도 하울론 백작의 움직임을 놓치지 않았기에 마침내 마로가 원하는 수상한 회동을 포착할 수 있었다. 현재 성 방위군의 부 사령관으로 있는 그에게 은밀히 연락해 온 자가 그녀의 감시망에 걸려든 것이다.

"어서 오십시오. 각하. 오랜만에 뵈옵니다."

"그렇군. 그런데 갑자기 무슨 일인가? 아주 급한 사안이 아니면 함부로 오지 말라고 했을 텐데?"

하울론 백작이 도착한 곳은 성의 중심부에 위치한 고급 술집의 VIP실이었다. 이곳은 높은 귀족들만 출입이 가능한 곳이기 때문에 은밀한 대화를 나누기에는 최고였던 것이다.

그를 맞이한 사람은 나이가 대략 오십대 초반쯤으로 보이는 중년인이었는데 말을 하는 동안에도 쉬지 않고 눈동자를 굴리고 있는 것으로 보아 꽤나 잔머리에 능한 사람 같았다.

"물론입니다. 하지만 그분께서 지시하신 일이라서요."

"그분께서? 무슨 일이라도 있는가? 그분께서 갑자기 왜……."

그분이라는 존재가 거론되자 루나는 품속에서 급히 뭔가를 꺼내들더니 곧 그것을 가만히 어루만졌다. 그것은 타원형으로 생긴 구슬이었는데 희미한 빛이 깜박 거리는 것으로 보아 마법 물품인 듯했다.

'혹시 이런 일이 있을지도 모른다는 생각에 준비한 것인데 가져오길 잘한 것 같군. 역시 그분의 말씀대로 뭔가가 있었어.'

아직은 그 구슬이 무엇인지 알 수 없었지만 지금 상황에 꼭 필요한 물품인 듯싶었다.

"이번에 국방부 장관을 새로 선출하지 않습니까? 그 문제 때문에 그런 것이지요."

"으음……. 하긴 그 자리는 그분과 가장 큰 정적인 베니무슈 공작도 진작부터 자신의 큰 아들을 내세우려 하고 있지."

두 사람의 대화가 여기까지 이어지자 루나는 눈을 더욱 번뜩이며 이야기에 집중했다. 공작이 큰아들이라면 바로 현재 이곳 방위군 사령관인 아돌프 폰 베니무슈 백작을 가리킨다.

"맞습니다. 그분의 장남이신 드벨리안 백작님도 노리던 자리이기도 하지요. 때문에 그분께서는 아돌프 폰 베니무슈 백작이 아예 나서지 못하도록 하라고 엄히 지시하셨습니다."

"어허… 그렇다면 나더러 암살이라도 하라는 말인가?"

"그건 아닙니다. 방법은 여러 가지가 있지요. 아돌프는 중요한 약점이 하나 있지 않습니까? 그걸 이용하시면 될 것 같은데요? 이럴 때 써먹으려고 폭로하지 않았던 그 약점 말입니다."

"아, 그렇지. 그걸로 협박을 하면 되겠군. 알겠네. 내 그리 함세."

루나는 이들이 이야기하는 아돌프의 약점이 무엇인지 몹시 궁금했지만 더는 이야기가 나오지 않아 그게 무엇인지는 알 도리가 없었다. 하지만 이로써 한 가지 분명한 것은 방위군 부 사령관인 하울론 백작이 그분이라는 자의 스파이였다는 점이었다.

"장관 선출일이 앞으로 보름 남았습니다. 하지만 후보 추천은 열흘 후가 마감이지요."

"그 전에 처리하라는 말이로군."

"아닙니다. 일단 후보 추천에는 무조건 들어가게 해야 합니다."

"그건 어째서 그렇지?"

중년인의 말에 하울론은 고개를 갸웃거렸다. 순간 납득이 되지 않았기 때문이다.

"베니무슈 공작에게는 수양아들이 네 명이나 있습니다. 그중 셋째 아들까지는 후보 자격이 있지요. 때문에 미리 아돌프가 포기하면 다른 아들을 내세울 게 뻔합니다. 그럴 시간을 주지 말자는 것이지요. 일단 각 가문의 한 명이 후보로 올라가면 더 이상은 추천할 수가 없으니까요."

"그, 그렇군. 좋아. 그럼 미리 사전 포석을 깔아 놓고 그때를 노려서 협박하면 되겠군."

"역시 부사령관님과는 이야기가 쉽게 통해서 좋습니다. 그럼 이제부터 신나게 마시는 일만 남았군요. 지배인! 지배인 어디 있나? 어서 아가씨들을 들여보내게!"

어차피 중요한 이야기는 모두 끝낸 상태인지라 루나는 더이상 그곳에 남아 사내들의 질펀한 놀이를 구경하고 있을 이유가 없었다. 그랬기에 곧 꺼내 놓았던 구슬을 잘 챙겨서 품에 넣더니 곧바로 마로에게 달려갔다.

"그래 뭔가 건진 게 있나?"

"건진 게 있는지 없는지는 이것을 보고 직접 판단해 보세요."

"그게 뭐지?"

블랙루나가 나타나자마자 마로는 대뜸 이렇게 물었다. 그러자 그녀는 그런 그가 얄미웠는지 약간은 째려보면서 품속에서 구슬을 꺼내 들었다.

"이건 우리 윈드스토리의 비밀의 이야기에서만 전해지는 '음성 녹화 마법 구슬' 이라는 거예요. 대륙을 통틀어 단 세개 밖에 없는 귀한 보물이지요. 고대 마도시대의 유물이라서요."

"음성… 녹화 마법 구슬? 그런 것도 있었나?"

마법에 관해서는 거의 지식이 없는 마로인데다가 그녀의 말대로 대륙에 겨우 세 개 밖에 존재하지 않는 물품이니 더더욱 알 리가 없었다.

"백번 말로 하는 것보다 직접 한 번 보는 게 빨라요. 잠시만요. 주변에 누가 있나 보고요."

마로가 있는 곳은 베니무슈 공작의 관사 안인지라 루나는 행여 마로를 감시하는 자가 있는지부터 확인했다. 아울라를 제외한다면 그 누구도 그녀의 이목에서 벗어날 수가 없었다.

"늘 나를 따라다니던 녀석이 지금은 없어. 무슨 볼일이 있는지 아침에 부랴부랴 사라지더군."

"그러네요. 그럼 자리에 앉아서 들어 보세요."

아무도 없음이 확인되자 루나는 테이블에 마법구슬을 올리더니 그것의 어디인가를 쓰다듬었다. 그러자 놀랍게도 구슬에서는 하울론 백작과 중년인의 대화가 그대로 재생되는 것이었다.

―…지배인! 지배인 어디 있나? 어서 아가씨들을 들여보내게!

샤라라랑~

여기까지 이야기가 나오자 그녀는 다시 구슬을 잠재웠다.

그러자 마로는 넋을 빼고 듣다가 놀랍다는 표정으로 입을 열었다.

"이거 정말 대단한 물건이로군. 하하하. 이거라면 우리 일이 무척 쉬워지겠어. 그분이라… 하마터면 놓칠 뻔했는데 다행히 그분이란 자가 누군인지 확실한 힌트가 있어서 다행이야. 혹시 루나는 그분이 누구인지 알겠어?"

"물론이에요. 드벨리안 백작의 아버지가 두 명이 아니라면 그분이라는 자는 바로 오나시스 후작입니다. 현 왕비의 오빠이자 왕세자 전하의 외삼촌이며 베니무슈 공작의 유일한 정치적 맞수라 할 수 있죠. 야심 또한 공작 못지않고요."

루나의 입에서 놀라운 사실이 튀어 나왔다. 어쨌든 왕세자의 외삼촌이라는 것만으로도 앞날이 보장되어 있는 사람이라 할 수 있었다. 조카가 곧 왕이 된다는 것이니 말이다.

"결국 샹그리안 왕국의 양대 세력이 암투를 벌이고 있다는 말이로군. 국왕의 친가 쪽 대표라 할 수 있는 베니무규 공작과 처가 쪽 대표라 할 수 있는 오나시스 후작과의 대결구도라……. 이거 정말 대박인 정보로군. 정말 고생 많았어. 루나 양!"

덥썩~!

"어머! 왜 이래요!"

잠시 중얼거리던 마로가 환한 표정으로 웃더니 갑자기 루나를 세게 끌어안았다. 그동안 엄청난 벽으로만 여겨졌던 베니무슈 공작을 옭아맬 중요한 실마리를 찾았다고 판단했기 때문이다. 그는 이 짧은 시간동안 처음에 생각했던 계획을 전면 수정했다. 이제는 전쟁을 늦추는 것만이 아니라 혹시 전쟁이 벌어져도 공작이 한곳에만 신경을 집중시킬 수 없게 만들 수 있는 방법이 몇 가지나 떠오른 모양이다.

하지만 마로는 지금 자신이 대체 무슨 짓을 저지르고 있는지는 전혀 모르고 있었다.

'아아… 이 사람은 대체 날 어떻게 생각하고 있는 것일까? 내가 설마 여자로 보이지도 않는 것일까? 어떤 생각을 하고 있는지는 몰라도 지금 이 순간, …따뜻해.'

동료로서 한 포옹이었지만 당하는 루나의 감정은 실로 복잡 미묘했다. 평생 남자 품에 안겨본 적이 없는 그녀에게는 그저 그런 포옹이 절대 아닌 것이다.

2

마로가 베니무슈 공작의 관사에서 기거하는 동안에도 그의 사업은 날로 번창해 나갔다. 왕국 최고의 미인이라 할 수 있는 페이샤마인이 안드레 킴의 드레스를 입고 몇 군데 파티에 등장하자마자 그녀의 옷은 최고의 화제가 되었으며 그것은 곧 주문 폭주로 이어졌다. 한 벌에 무려 오백 골드가 넘는 드레스가 불티나게 팔려나가고 있으니 어찌 돈을 벌지 않을 수가 있으랴.

사업 수완이 비상한 마로는 왕국이 통째로 뒤집어질지도 모르는 무서운 음모를 진행하면서도 점차 안드레 킴 부티크를 브랜드화하고 있었다.

즉, 이제 성안에도 본점 외에 두 개의 부티크를 더 열어서 디자인은 안드레 킴이 하고 옷은 그의 제자가 만드는 것으로 광고를 하였다. 비록 안드레 킴이 직접 옷을 만들지는 못해도 그 두 개의 지점도 공급이 늘 딸릴 정도로 주문이 폭주했다.

이제 사람들은 안드레 킴 부티크를 통해 카오스 상단도 알게 되었다. 마로가 일부러 안드레 킴 부티크는 카오스 상단에서 만든 하나의 사업체임을 선전하게끔 했기 때문이다.

그러나 그의 일이 승승장구하는 것과 달리 베니무슈 공작가의 공기는 심상치가 않았다. 갑자기 장남인 아돌프 백작이 이번에 꼭 따내야 하는 국방부 장관직 후보 가운데 한 명으로 추천을 받았었는데 그 자격을 포기해 버린 기가 막힌 일이 벌어진 것이다.

콰앙!

"이 미친놈을 당장 오라고 해!"

소식을 들은 베니무슈 공작은 어찌나 울화통이 터졌는지 아돌프를 당장 때려죽일 기세였다. 그러나 아돌프는 이미 아버지의 눈을 피해 잠적해 버린 지 오래. 그러자 그제야 뭔가 이상하다고 생각한 공작은 냉정을 되찾기 시작했다.

"으음……. 이놈이 아직까지 나의 명령을 거역한 적이 없었는데 이 중요한 일을 어째서 포기한 것일까? 도무지 알 수가 없군. 뭔가 이상해……. 여기에는 내가 모르는 뭔가가 있는 게 분명하다. 아무래도 철저하게 조사를 해봐야겠어."

그는 아돌프의 행방을 찾는 한편, 그가 최근에 접촉했던 사람들을 철저하게 조사하기 시작했다. 하지만 그러면서도 그는 설마 자신이 아돌프를 견제하기 위해 심어 놓았던 측근 하울론 백작이 이번 일의 주범임에는 꿈에도 모르고 있었다. 그가 주범이니 올바른 정보가 나올 리 없을 터.

"그러니까 네 말은 그녀석이 평소에도 국방부 장관 자리를 놓고 갈등을 심하게 했다는 말이냐?"

"네, 각하. 후보추천을 받던 날 제가 축하인사를 드렸더니 그런 건 개나 줘버리라고 소리를 지르더군요."

"이런 못난 놈… 그놈이 원래 소심한 면이 있기는 했지만 설마 이럴 때 그 모자란 성품이 드러날 줄이야……. 그나저나 이놈은 대체 어디에 숨어 있는 게냐?"

베니무슈 공작은 하울론 백작의 말을 곧이곧대로 믿을 수밖에 없었다. 어쨌든 그는 자신의 충복이라고 여기는데다가 당사자가 없으니 그렇게 생각하는 게 당연할 터였다.

"지금 방위군들도 풀어서 찾고 있습니다만 아직 행방이 묘연합니다. 아무래도 각하의 진노가 두려워 평소 잘 가지 않던 곳에 숨은 모양입니다."

"그놈은 어릴 때부터 그랬지. 으음… 어쨌든 이미 일은 벌어진 터……. 제가 죽기 싫으면 조만간 찾아와 용서를 빌겠지. 일단 그놈에 대한 일은 이쯤에서 정리해라. 자꾸 시끄럽게 해봐야 집안 망신이다."

"알겠습니다, 각하!"

베니무슈 공작은 화가 치솟았지만 이런 식으로 문제를 확대시켜 봤자 어차피 집안 꼴만 우스워질 것을 우려해 일단은 묻어두기로 했다. 결국 아돌프가 자신의 작위와 모든 것을 포기하지 않는 이상 나타날 수밖에 없다고 판단한 것이다. 그 누구라도 백작의 작위와 부귀영화를 쉽게 포기할 수는 없는 것 아니겠는가.

하지만 공작의 이런 생각과 달리 신나게 보고를 하고 돌아가는 하울론 백작의 얼굴에는 공작을 비웃는 듯한 표정이 역력히 새겨져 있었다.

'공작의 성격상 이런 정도로 끝낼 것이라는 판단이 옳았군. 이로써 아돌프 백작의 사건은 미스터리로 남을 것이다.

공작이 그의 실종에 대해 다시 의문을 품을 쯤에는 그는 이미 흙더미로 썩고 있을 테니까⋯⋯. 흐흐흐⋯⋯.'

놀랍게도 하울론은 아돌프를 협박만 한 것이 아니라 아예 죽인 모양이었다. 하긴 죽은 자만이 영원히 비밀을 지키는 법인지라 그의 그런 결단성은 오히려 칭찬받을 만한 일인지도 모른다.

어차피 오나시스 후작의 목적은 달성되었으니 그가 살아 있어봤자 득이 될 게 하나도 없었다. 그런 이상 이처럼 스스로 잠적했다고 여겨질 때 아예 죽여 버리면 그 누구도 그가 살해되었다고 여기지 못할 것이다. 게다가 공작이 적극적으로 나서서 그를 찾지 않는 이상 그의 죽음은 완전히 비밀에 묻히게 될 것이고 말이다.

바로 이것의 그의 시나리오였고 그대로 이루어진 지금 그가 득의의 표정을 짓는 것은 당연했다.

'호호⋯⋯. 모든 것이 네놈 뜻대로 되니 좋겠지. 아마 완전 범죄를 저질렀다고 스스로를 칭찬하고 싶을 거야. 그게 더욱 깊은 무덤을 파는 일인 줄은 모르고 말이야.'

하지만 뛰는 놈 위에 나는 놈이 있다던가? 그런 그를 비밀리에 지켜보는 눈동자가 하나 있었으니 바로 블랙루나였다.

그녀는 그동안 하울론 백작을 은밀히 관찰하면서 여러 가지 정보를 캐내던 중 그가 아돌프를 협박해서 후보 자리를 포기하게 만들고 이후 그를 죽이는 것까지 모두 지켜보았다. 물론 중요한 순간마다 그것을 녹음해 둔 것은 당연했다. 아돌프의 최후 비명 소리까지 말이다.

'그런데 그는 어째서 아돌프의 죽음을 예측했으면서도 그를 그냥 죽게 두라고 했을까? 내 생각에는 살려두면 오히려 이용가치가 많을 것 같았는데……. 그자가 남색을 밝히는 변태라는 것까지 알았으니 더욱 그랬을 텐데……. 아쉽네.'

놀랍게도 하울론 백작이 중년인과 나눈 대화 가운데 아돌프의 약점이라고 했던 부분이 바로 이것이었다. 아돌프는 외부적으로 혼인을 한 사람이었지만 그는 놀랍게도 게이였던 것이다. 이무렵 사회에서는 게이를 용납하지 않는 풍토가 있었기에 충분히 약점이 될 수 있었다.

'하지만 그가 그 정도 생각도 못할 리는 없겠지. 내가 생각하지 못하고 있는 뭔가가 또 있을거야. 그는 언제나 그래왔으니 말이야. 일단 돌아가서 이야기를 해보면 알겠지.'

루나는 더 이상 하울론에게 빼낼 정보가 없다고 판단하고는 곧 마로가 있는 방으로 발길을 돌렸다. 공작의 거처에서 그리 멀지 않은 곳에 마로의 거처도 있는 것이다.

어쨌든 뭔지는 모르겠지만 음모의 냄새는 이렇게 갈수록 더욱 짙어지고 있었다.

3

마로가 호랑이 굴이라 할 수 있는 공작의 관사 내부에서 이처럼 과감하게 음모를 진행시키고 있는 가운데 헤이슈만 성 안에서는 마침내 긴장해야 하는 일이 벌어지고 말았다.

"성주님. 그들이 다시 찾아왔습니다."

"그들이라면……."

성의 훈련대장 레이몬드 경이 급히 성주의 집무실로 들어오면서 다짜고짜 이렇게 보고했다. 그러자 루테민은 의아하다는 표정으로 말끝을 흐렸다. 뭔가 느낌상 누구인지 알 것도 같다는 뉘앙스이다.

"바로 그 영지 순례 감찰단이 왔습니다."

"으음… 그렇군. 지난번에는 아버지의 병환을 핑계로 방문을 거절했었지."

영지 순례 감찰단이란 이당시 왕국의 중앙에서 각 영지의 실태조사를 하고 또 영주들이 왕에게 충성을 다하는지 확인하기 위해 만들어진 특수 기관이라 할 수 있었다. 하지만 최근에는 이미 베니무슈 공작이 뒤에서 마치 자기 개인 조직인 것처럼 마음대로 주무르고 있는 실정이었다.

"그렇습니다. 하지만 며칠 전 공작의 성에서 통신이 날아와 이제는 더 이상 거절할 수 없는 상황입니다."

"그랬지. 휴우… 그나저나 아직 마로에게서는 연락이 없었소?"

레이몬드 경의 말에 루테민은 한숨을 푹 쉬면서 이렇게 되물었다. 갈수록 상황이 어려워지고 있다고 생각했기 때문이다.

"네… 아직은요. 하지만 마로님께서 가실 때 그러셨잖습니까? 무소식이 희소식이라고. 특별히 좋지 않은 상황이 벌어지면 몰라도 그렇지 않으면 당분간 연락은 하지 않으신다고 했었습니다."

"그건 나도 알고 있소. 답답해서 한 말이오."

"지금은 어쩔 수 없습니다. 우선은 감찰단 사람들을 맞이하셔야 할 것 같습니다."

"그렇겠지. 알았으니 일단 그들을 귀빈실로 안내하시오. 접견은 내일 하자고 합시다. 그동안 우리도 그들의 질문에 뭔가 대응책을 마련해야 하지 않겠소?"

"그렇게 하겠습니다, 성주님."

레이몬드 경이 대답과 함께 사라지자 루테민은 급히 이글스 마법사를 찾았다. 역시 이런 일에는 그의 현명함이 절실한 것이다.

"부르셨습니까, 성주님."

"어서 오십시오, 이글스 마법사님. 들으셨는지 모르겠지만 영지 감찰단 사람들이 또 왔다 합니다. 이를 어찌할까요?"

어찌나 마음이 급했는지 루테민은 이글스가 들어오자마자 쉴 새 없이 이렇게 이야기했다.

"네… 저도 들었습니다. 하지만 이 일은 애초부터 예정되었던 일 아닙니까. 그러니 그때 이야기 나누었던 대로 차분히 대처하면 됩니다. 어차피 이제 더 이상 감추고 있을 수만은 없습니다. 결국 전쟁을 각오하고 시작한 일 아닙니까?"

"그렇지요. 어쨌든 아버지의 원수입니다. 두렵다고 물러설 일은 아니지요. 이제야 제정신이 돌아온 느낌이군요. 역시 이글스 마법사님이십니다."

당장 전쟁이 터질지도 모른다는 두려움 때문에 루테민은 더 중요한 것을 간과하고 있었다. 어쨌든 베니무슈 공작가문은 자신과는 같은 하늘 아래 살 수 없는 원수 집안이다. 비록 한참 전력이 떨어져 이기기 힘든 싸움이라 해도 두렵다고 피하기만 할 수 있는 것은 아님을 그는 다시 한 번 상기했다.

그렇게 그의 마음을 다스려주는 이글스 마법사와 전쟁이 일어나도 자신있다며 용기를 북돋아 주는 레이몬드 경과 몰라우 대장의 큰소리를 덕분에 용기를 얻은 루테민은 드디어 감찰단원들과 만나기로 결심했다.

"어째서 헤이슈만 백작님께서는 보이지 않으십니까? 지난번에 아프다고 하시더니 아직도 완쾌가 안 되신 건가요?"

"아버지께서는… 결국 돌아가셨소."

"아…….. 그렇다면 소문이 사실이었군요."

"소문? 어떤 소문을 말하는 게요? 감히 우리 아버지의 죽음을 가지고 떠들고 다니는 자들이 있다는 말이오?"

감찰단을 이끌고 온 자는 남작의 작위를 가지고 있었지만 루테민은 어쨌든 지금 헤이슈만 성의 임시 성주이다. 작위를 논할 위치가 아닌 것이다. 게다가 헤이슈만 백작이 죽었다면 곧 루테민 역시 백작이 될 터인지라 그가 이처럼 감찰 단장에게 목소리를 높이는 것도 그리 이상한 일은 아니었다.

"그게 아니라 얼마 전부터 백작님께서 돌아가셨다는 소문이 돌았거든요. 소문을 누가 막겠습니까? 그리고 어쨌든 그건 사실임이 들어난 상황이니 일단 고정하시지요."

하지만 아무리 그렇다 해도 베니무슈 공작의 지시를 받는 무리답게 감찰단장의 태도는 여전히 기세등등했다.

"언성을 높여서 미안하오. 하지만 내용이 내용인만큼 이해하시오. 그리고 우리는 아직 상중에 있으니 웬만하면 오늘은 대충하고 돌아갔다가 다시 왔으면 싶소. 다음에는 섭섭지 않게 대우해 드리리다."

"그렇게 말씀하시니 저희도 오래 머무를 수는 없겠지요. 대신 그분은 뵙고 가도록 해주십시오."

"그분? 아… 나의 새어머니를 말씀하시는 게요?"

"그렇습니다. 이건 공적이 아니라 사적으로 베니무슈 공작 각하께서 지시하신 일인지라……. 제 말뜻 아시겠죠?"

마침내 올 것이 왔다. 이자들이 온 가장 큰 목적이 바로 이 것이었다. 지금 현재 그리티안 공녀와의 연락이 두절되었으니 그녀가 더욱 궁금했을 터였다. 물론 이런 상황은 루테민 등도 모두 예측했던 부분이었고 그에 따른 대처 방안도 마련된 상태였다.

"그건 곤란하오. 새어머니께서는 요즘 신앙심이 깊어지셔서 백일기도에 들어가셨소. 때문에 그 누구도 접견할 수 없다고 공언하신 상태시오."

"그, 그렇군요. 좋습니다. 그럼 그분이 계신 곳까지만 들렀다가 가겠습니다. 무사하신 것만 확인하면 바로 돌아갈 것이니 기도에 방해 될 리도 없을 것입니다."

통상 고위층 귀족 부인이 기도를 한다 하면 돌아가는 것이 일반적인 예의였지만 감찰단장은 집요했다. 그러자 루테민이 고개를 좌우로 흔들더니 어쩔 수 없다는 듯 레이몬드를 바라보며 어깨를 슬쩍 들어 올렸다.

"이런 버릇없는 작자들을 보았나! 감히 백작가문의 부인 마마께서 기도를 하시는데 그걸 훔쳐보겠다는 게 말이 되는가! 무엇들 하느냐! 모두 이 파렴치한들을 잡아 들여라!"

"네! 대장님! 모두 잡아라!"

우르르르······.

아무리 감찰 단원들의 실력이 대단하다 하나 겨우 일곱 명이 전부였다. 그런 만큼 순식간에 둘러싼 성의 정예 기사들을 당해낼 수는 없었다.

"이, 이게 무슨 짓이오? 당신들 미쳤소? 우린 중앙의 감찰 단이란 말이오. 이런 짓을 하고도 무사할 것 같소?"

"글쎄? 당연히 무사할 수는 없겠지. 하지만 그들이 이 사실을 알려면 꽤나 시간이 걸릴 걸?"

어차피 전쟁은 애초부터 각오했던 일. 다만 매일 같이 열심히 훈련에 임하고 있는 병사들이 완전해 질 때까지는 아직도 시간이 조금 더 필요할 뿐이었다. 때문에 루테민 등은 이런 극단적인 처방을 생각해낸 것이다.

하지만······.

"성주 당신은 우릴 너무 과소평가한 것 같소. 우리가 이런 일쯤 예상 못했을 것 같소?"

"응? 그게 무슨 소리냐! 이런 사태까지 예상했단 말이냐?"

"물론이오. 그러니 어서 풀어 주시오. 만에 하나 이대로 우릴 가두어 놓는다면 아마 곧바로 다른 단원들이 공작 각하께 모든 소문이 사실이라고 보고할 거요. 그리티안 공녀님이 이 성안에서 살해당했다는 소문도 퍼지고 있다는 것은 알고 계시겠죠? 그분이 죽었다는 소식이 들어가면 어떻게 되겠소?"

"전쟁이 터지겠지. 으음… 역시 베니무슈 공작은 개들까지도 교활하군. 하지만 이제 어쩔 수 없지. 생각보다 빨라지겠지만 전쟁을 치를 수밖에……. 그리고 네놈의 목은 나의 그런 결심을 새롭게 하는 계기가 될 것이다. 잘 가라."

"그, 그게 무슨 소… 끄악!"

놀랍게도 그 심약했던 루테민이 자신이 차고 있던 검을 풀어내더니 그대로 감찰 단장의 목을 쳤다. 어차피 일이 이렇게 된 거 이것으로 독한 마음을 먹기로 한 모양이었다. 정녕 교활한 자다운 최후였다.

"잘하셨습니다, 성주님. 이제야 성주님께서도 진정한 기사가 되신 모양입니다. 기사란 때론 모진 면도 필요한 법인데 성주님께서는 그동안 그런 면모는 없는 것 같아서 안타까웠거든요."

"저 역시 동감입니다. 평화 시에는 너그러운 군주가 최고지만 전쟁이 일어났을 때는 결단력있는 군주가 더 필요한 법입니다."

루테민의 그런 결단력있는 행동을 보고 가신들은 모두 반기는 분위기였다. 레이몬드 경이야 당연한 반응이었지만 늘 조용한 이글스 마법사까지 그의 행동을 칭찬하자 루테민은 묘한 자신감을 얻을 수 있었다. 기왕 벌어지게 된 전쟁인 이상 더 이상 움츠려 있을 수만은 없는 일이었다.

4

마로의 급한 소집령이 떨어지자 아울라와 루나는 물론 카오스 상단의 인물들까지 모두 안드레 킴 부티크의 비밀 회의실에 속속들이 모여 들었다.

"부르셨습니까, 총수님."

"어서 오십시오, 아울라 부총수님. 저쪽에 앉으시지요. 자, 이제 다 모였나?"

"네!"

"다 온 것 같네요. 그런데 무슨 일이죠?"

루나가 그 큰 눈을 깜박거리며 이렇게 묻자 마로는 그녀를 가만히 바라보다가 한숨을 내쉬었다.

"휴우… 드디어 우려했던 일이 벌어졌다. 어젯밤 카오스 상단의 특수 마법 통신 구슬을 통해 헤이슈만 성에서 연락이 왔더군."

"아… 그럼 결국 들통 난 건가요?"

"그렇다. 워낙 거리가 멀기 때문에 마법 통신으로는 전달될 수 있는 내용이 한계가 있지만 아마도 공작이 전쟁을 일으킬만한 내용은 충분히 전달되었을 것이다."

"그게 어떤 내용일까요?"

이번에는 아울라가 나서서 물었다. 그는 나이를 먹을수록 호기심이 생기면 참기 힘든지 누구보다 빠르게 질문을 던진 것이다.

"공녀 살해됨. 이 말 한마디면 충분하겠지."

"그렇군요. 허허……."

마로가 이렇게 담담하게 이야기했지만 그 내용은 절대로 담담한 것이 아니었다. 그래서인지 중인들은 그의 말이 떨어지기가 무섭게 모두 침울한 표정을 지었다. 누구라 해도 공작의 세력과 전쟁을 치루는 것이 만만하게 생각될 리가 없는 것이다. 그런데 그들이 이렇게 놀라운 소식에 경악을 하고 있을 때, 공작의 성안에도 이들이 이야기하는 것과 비슷한 내용의 전문이 전해지고 있었다.

"뭐라고요? 잘 안 들리니 다시 말씀해 보세요!"

"치직… 공녀… 치지직… 치익… 살해… 치지지직……."

"네? 공, 공녀님이… 살해당했다고요?"

"바로 그거요!"

공작의 성인만큼 이곳에는 최고 성능을 자랑하는 마법 통신구슬은 물론 그것을 최상으로 다룰 수 있는 마법사들이 즐비했다. 그런 마법 통신실이 한순간 마비가 일어날 정도로 충격적인 소식이 전해졌다.

저 멀리 헤이슈만 백작의 영지 쪽에서 전해진 이 소식으로 인해 공작 성의 최고 수석 마법사인 달케인이 직접 베니무슈 공작의 집무실로 찾아갔다.

"달케인 마법사가 직접 날 찾다니 웬일인가?"

"각하, 큰일 났습니다!"

그렇지 않아도 최근 수양아들인 아돌프 건으로 인해 기분이 썩 좋지 않았던 공작은 어지간해서는 잘 움직이지도 않는 달케인이 직접 나타나서 호들갑을 떨자 괜히 불길한 예감을 느꼈다.

"뭐가 큰일 났다는 겐가? 이번엔 또 다른 아들놈이 대형 사고라도 친 겐가?"

"그, 그게 아니라 방금 전에 그리티안 공녀님이 살해당했다는 전문이 들어왔습니다."

"뭐라고! 그리티안이 죽었어?"

비록 피 한 방울 섞이지 않은 수양딸이었지만 아무리 그래도 자신의 딸 아니던가. 아예 남이 죽었다는 것과는 분명 다른 의미였다.

"아직 정확하게 확인된 사실은 아니지만 몇 번을 다시 물어보아도 그쪽에서는 공녀님이 살해 됐다고만 전해왔습니다."

"이 빌어먹을 헤이슈만이 죽고 싶어서 환장을 한 게로군. 밖에 누구 없느냐! 당장 가서 시리안 백작을 오라 하라!"

"네! 각하!"

"달케인 마법사도 시리안 백작이 올 때까지 기다리게. 아무래도 전쟁을 치러야 할지도 모르겠어."

"알겠습니다."

달케인은 점차 공작의 어조가 차분해지는 것을 느끼며 온몸에 소름이 돋기 시작했다. 그가 베니무슈 공작을 모셔온 지도 벌써 삼십 년이다. 그렇기에 공작의 말투가 지금처럼 차분해 질 때 그가 얼마나 극도로 화가 나 있는 것인지를 누구보다 잘 안다.

게다가 그가 마흔 살이 되던 해 공작은 서른두 살이었는데 그때나 지금이나 이 사람은 그리 크게 변한 게 없었다. 자신이 호호 할아버지로 변해 버린 것과 비교해 본다면 괴이할 정도로 동안을 유지하고 있는 것이다. 물론 어느 정도 주름살도 보이고 나이 들은 티가 조금 나기는 하지만 그렇다고 해도 얼핏 보면 아직 사십대 초반이라 해도 믿을 만큼 공작은 젊어 보였다. 지금은 그것조차 소름끼치게 느껴지는 달케인 마법사였다.

"충성! 신 시리안, 각하의 부르심을 받고 왔습니다!"

"어서 오게. 어차피 이야기가 길어질 것 같으니 우선 자리에 앉게."

"감사합니다!"

시리안은 보는 것만으로도 천생 군인임이 느껴지는 인물이었다. 나이는 오십대 초반쯤 되어 보였지만 워낙 다부진 몸매에 날카로운 눈을 가지고 있었기 때문이다. 그가 바로 베니무슈 공작의 오른팔이자 현재 공작성의 총영지군 사령관이었다. 그는 왕국에 몇 명 안 되는 소드 마스터이자 최고의 기사로 누구나 인정해 주는 경이로운 인물이었다.

　"이보게, 시리안."

　"네! 각하!"

　"지금 당장 영지군을 소집하면 몇 명이나 출동할 수 있겠는가?"

　"곧바로 출동하는 것이라면 기마병 삼천 명과 보병 칠천 명은 가능합니다. 그런데 갑자기 그것은 왜 물어보십니까?"

　즉각 기동이 가능한 일만 명의 병사가 있다는 것은 실제 병력이 최소한 삼만 명 이상은 있어야 가능한 이야기다. 아무리 공작가문이라지만 실로 엄청난 군세가 아닐 수 없었다.

　"그건 나중에 이야기하고 일단 다시 질문하겠다. 약 이천여 명 정도의 영지군이 방어 하고 있는 성을 함락시키려 한다면 자네는 얼마의 군사가 필요하겠는가?"

　"정예 기마병 일천 명과 역시 정예로 구성된 보병 이천 명 그리고 공성무기를 다룰 수 있는 특수병 이백 명이면 충분합니다."

현재 외부적으로 알려지기를 헤이슈만 영지의 영지군은 모두 이천 명이었다. 아무래도 공작은 그것을 염두에 두고 질문을 하는 것 같았다. 하긴 이천 명 밖에 없던 영지군이 하루 아침에 사천 명으로 늘어날 수는 없는 게 상식이었다. 그 누구도 지금 헤이슈만 영지군 안에 이천 명이나 되는 산적 무리가 합류한 것은 모르고 있었다.

"아직 확인 과정이 필요하니 시간은 충분하다. 하지만 이곳의 방어 문제도 있으니 시리안 자네는 오늘부터 전쟁에 필요한 병력을 선출해라. 기마병은 이천 그리고 보명은 삼천 명이다."

"오천 명씩이나요? 아니 대체 어느 성을 치려고 하시는데 그렇게 많은 병력이 필요 합니까? 이웃 왕국과 전쟁입니까?"

"자네 요즘 너무 풀어진 모양이군. 감히 나에게 가타부타 따지는 것을 보니……."

털썩!

"죽을죄를 졌습니다. 각하! 용서하여 주십시오!"

공작이 싸늘한 어조로 이렇게 말하자 시리안은 소파에서 벌떡 일어나더니 공작의 발 앞에 넙죽 엎드리며 용서를 빌었다. 이로 보아 그가 평소에 공작을 얼마나 두려워하는지 알만 했다.

"됐으니 일어나라. 어쨌든 아직 발설할 단계는 아니지만 내 특별히 이야기해 주마. 어쩌면 우리는 곧 헤이슈만 성을 치러 갈지도 모른다. 하지만 아직 발설할 단계가 아니니 너는 내 지시대로 병력을 준비해 놓고 내 다음 명령을 기다리도록 해라."

"알겠습니다!"

시리안이 허리를 숙이며 복명을 하자 공작은 이번에는 마법사 달케인 쪽을 바라보며 입을 열었다.

"만일 이번 출정이 결정되면 마법사들도 몇 명 움직여야 할 것이네. 자네까지 나설 필요는 없겠지만 최소한 5서클 급 이상의 마법사 한 명은 따라 가는 것이 좋을 게야. 어쨌든 꽤 먼 거리인만큼 시간을 오래 끌고 싶지 않은데다가 내가 듣기로 헤이슈만 영지 마법사가 그 정도 수준은 된다고 알고 있거든."

"그 영지에 있는 이글스 마법사는 꽤나 까다로운 상대지요. 하지만 폼테린과 전투 마법사 다섯 명 정도면 충분할 것입니다. 그들로 준비 시키겠습니다."

"오! 폼테린이라면 이번에 5서클 마스터에 올랐다는 그 친구 아닌가? 그 친구라면 마법 쪽은 아예 신경 쓸 일이 없겠군."

워낙 마법사라는 직업군이 귀한 시절이다. 현재 샹그레인 왕국을 통틀어 5서클 이상에 오른 마법사라고 해봐야 고작

여섯 내지 일곱 명이 전부일텐데 5서클 마스터라면 그야말로
최고 수준이라 할 만했다. 물론 지금 이야기하고 있는 달케인
의 실력은 그 이상이었지만…….

어쨌든 지금 이들이 거론하고 있는 병력은 비록 공작가의
일부에 불과했지만 전력적으로 볼 때 헤이슈만 성에 있는 영
지군으로 막을 수 있는 수준은 이미 한참 벗어나 있었다.

Chapter 07

패션쇼

1

세상에 밝혀지지 않는 진실이란 없는 법이다. 하물며 그리티안 공녀의 죽음처럼 큰 사건이 그나마 이만큼 오랫동안 알려지지 않는 것은 원래부터 그녀의 성격이 변덕스러운 것도 한몫했지만 마로를 비롯한 헤이슈만 영지의 모든 사람들의 노력 덕분이라 할 수 있었다.

하지만 그것도 마침내 한계가 온 것이고 결국 샹그레인 왕국 전체에 알려지기 시작했다. 그녀가 죽은 지 약 넉 달 만에 벌어진 일이다.

그리고…….

―딸의 죽음에 분노한 베니무슈 공작이 헤이슈만 영지를 향해 전쟁을 선포했다. 그는 타협의 여지조차 남기지 않고 이미 전쟁 준비에 돌입했다.

공작의 성을 중심으로 이런 이야기가 떠돌기 시작했다. 이는 지금까지 알려진 공작의 성품에 비춰 당연한 수순이라 할수 있기 때문에 사람들은 모두 조만간 헤이슈만 영지가 완전히 멸망할 것으로 생각했다. 문제는 누가 봐도 공작의 분노는 당연했기에 헤이슈만 영지를 그다지 동정하지 않았다는 점이다. 하지만 바로 그럴 때 또 하나의 소문이 각지에 전해졌다.

―그리티안 공녀가 먼저 영지를 차지할 욕심으로 헤이슈만 백작을 죽음으로 몰아넣었다. 그랬기에 백작의 아들인 루테민이 복수를 한 것이다.

이 소문은 이해하기 힘들 정도로 빠르게 각지로 퍼져나갔다. 당연한 것이 이는 마로의 다크스타와 블랙루나의 윈드스토리가 의도적으로 소문을 퍼뜨렸기 때문이다. 그 덕분에 여론은 조심스럽게 헤이슈만 영지를 동정하기 시작했다. 그 전부터 그리티안 공녀의 좋지 않은 행실이 꽤 많은 사람들 사이에서 거론되어 온 데다가 베니무슈 공작의 정적인 오나시스 후작마저 그 소문에 힘을 실어 주었기에 이런 여론은 점점 더 거세어져갔다.

그런 가운데 마로 등의 비밀 저택 안에서는 오늘도 심각한 회의를 하고 있었다.

"우리조차 생각지 않았던 오나시스 후작의 입김 덕분에 약간 유리해진 것은 있지만 그렇다고 해도 여전히 공작의 군대는 무서울 거예요. 뭔가 다른 대책이 더 필요해요."

"당연하지. 루나 양과 아울라 부총수님이 지금까지 고생한 것을 써먹을 때가 온 것이지."

"그게… 무슨 말씀이시죠? 저와 아울라님이 고생한 것이라니요?"

한참 이런저런 이야기가 오가는 동안에도 거의 입을 다물고 있던 마로가 꺼낸 이야기치고는 워낙 뜬금이 없는 내용인지라 루나는 어리둥절한 표정으로 이렇게 물었다.

"그야 뻔한 것 아닌가. 두 사람은 지금까지 숨도 크게 쉬지 못하면서 여기저기서 중요한 정보를 모아 왔잖아. 이제 그걸 써먹을 때가 왔다는 이야기야. 그중에는 정말로 큰 역할을 해 줄 내용도 많거든."

"그렇게만 말씀하시면 어려워요. 좀 더 쉽게 설명해 주세요."

윈드스토리 비밀의 이야기 주인이 될 때 루나가 가장 많이 들었던 찬사는 바로 그녀가 무척이나 똑똑하다는 소리였다. 하지만 그런 그녀도 마로 앞에서는 이처럼 늘 바보가 되는 기분이 들 때가 많을 만큼 마로의 뇌 구조는 복잡했다.

"잠시만 기다려 봐. 곧 내가 심부름 보냈던 벤슬로가 돌아오면 설명해 줄 테니. 그나저나 이 녀석들은 왜 이리 늦는 거지?"

"벤슬로요? 아까 보니 커튼이랑 급히 어딘가를 가야 한다며 움직이던데 그게 당신의 지시 때문이었군요."

오우거도 제 말하면 온다던가? 그녀가 벤슬로와 커튼을 거론하자마자 곧 문이 열리며 그들이 가쁜 숨을 몰아쉬며 들어섰다.

"다녀왔습니다, 총수님!"

"수고했다. 그래 어떻던가?"

"네, 과연 총수님의 말씀대로 그들은 또다시 회합을 하더군요. 하울론 백작과 중년의 사내는 지금 엘프들의 놀이터라는 이름의 술집으로 함께 들어갔습니다."

"거긴 지난번에도 하울론이 갔던 곳인데……."

"당연하지. 그때는 방위사령관 아돌프를 이용하기 위해서였고 오늘은 이번 기회를 이용하자는 취지겠지."

마로의 말에 루나와 아울라는 뭔가 알듯 말듯하면서도 여전히 헷갈렸다. 지금 전쟁이 터질 판국인데 대체 그게 무슨 상관인지 의아했기 때문이다.

"이번 기회라면……."

"공작의 성에 주둔하고 있는 병력은 모두 삼만 명, 그 가운데 최소 오천 명 이상은 이번에 벌어질 전쟁에 동원될 게 뻔하잖아."

"그야 그렇겠지만 아무리 그렇다고 오나시스 후작이 설마 공작의 성을 공격하겠어요?"

"아, 그야 물론이지. 아무리 정적 사이라 하지만 공작의 성을 치려면 그에 합당한 대의명분이 반드시 필요하잖아. 명분 없이 공작의 성을 공격한다면 국왕도 가만히 있지 않을 테니까. 하지만 이럴 때는 은근히 압박만 가해도 정치적 이득을 취할 수 있는 기회는 생길 게 분명하거든. 특히, 현재 공작의 성에서 방위군 사령관직을 대행하고 있는 하울론을 잘만 이용하면 생각보다 큰 이득을 취할 수 있을지도 모르지. 그것 때문에 오나시스는 또다시 사람을 보낸 게 확실해."

마로의 설명에 루나는 고개를 끄덕였다. 이제야 뭔가 윤곽이 잡힌 모양이다.

"당신의 말은 결국 공작의 세력이 아무리 강해도 전쟁이 시작되면 뒤통수가 불안할 것이고 오나시스 후작은 그걸 이용해 정치적으로 이득을 취해 보자 뭐, 이런 이야기 인가요?"

"비슷해."

"그런데 그것과 우리는 또 무슨 관계가 있죠?"

"아주 중요한 관계가 있지. 더욱이 전에 루나 양이 가져 왔던 그 녹음 구슬이 극적인 역할을 할 수 있는 기회가 온 것이거든."

"……."

이번에는 침묵으로 질문을 대신하는 루나였다. 자꾸 묻는 것도 귀찮지만 어차피 마로가 다 이야기해 줄 것을 알기 때문이다.

"지금부터 다들 잘 들으라고. 이번 작전을 구체적으로 설명해 줄 테니,.."

"그렇게 하겠습니다."

"말씀만 하십시오, 총수님."

마로가 이렇게 다시 입을 열자 모두의 표정에는 긴장하는 빛이 역력했다. 그가 이런 식으로 말을 꺼내는 것은 그만큼 중요한 사안일 것이기에 더욱 그랬다.

"우리는 지금부터 거대한 연극판을 벌여야 한다. 무대는 이곳 공작의 성이 되겠지만 등장인물들은 좀 복잡하니 각자 맡은 역할을 매우 신경 써서 잘 해야 할 것이다. 그게 무슨 소린가 하면……."

이렇게 시작된 마로의 이야기는 생각보다 길었다. 뜬금없

이 연극판을 벌인다는 소리에 다들 어리둥절해 했지만 그의
이야기가 계속 될수록 그들의 표정에는 점점 더 놀람이 새겨
져 갔다. 뭔가 기가 막힌 내용인 모양이다.

"아아… 당신은 정말 천재예요. 바로 음모의 천재."

"총수님! 놀랍습니다. 그대로만 진행된다면 확실히 헤이슈
만 성은 걱정을 덜 해도 되겠습니다."

마로의 이야기가 일단락되자 루나는 물론 아울라까지 입
을 딱 벌리며 이렇게 감탄 성을 터뜨렸다. 하지만 그럼에도
마로의 표정에는 전혀 변화가 없었다.

"우리 작전이 성공한다 해도 전쟁을 피할 수는 없소. 하지
만 작전을 끝냄과 동시에 우리가 빨리 돌아가서 전쟁에 참여
한다면 충분히 이길 수는 있을 거요."

"그야 당연하겠죠. 당신처럼 잔머리가 뛰어난 사람이 가담
하는데 그 어떤 전쟁이라고 지겠어요? 호호……."

루나가 웃으면서 이렇게 대꾸했다. 이제 그녀는 마로의 말
이라면 무조건 옳다고 생각하게 된 모양이다.

"자, 그럼 어서 모두 작전을 시작합시다. 요즘 들어 내가
늘 강조하는 말이지만 우리에게는 시간이 얼마 없소. 그러니
모두 서두르시오!"

"네! 총수님!"

그렇게 큰 대답과 함께 모두는 하나둘씩 빠르게 사라져갔

다. 이후에도 생각에 골몰하고 있는 마로만 남긴 채 말이다.

2

공작의 성안에 전쟁의 조짐이 나날이 번지고 있는 가운데 마로는 페이샤마인을 내세워 베니무슈 공작과의 비밀스러운 대화를 청했다.

"자네가 웬일로 나를 보자 했는가? 요즘 성의 분위기와 달리 자네의 사업은 날로 번성하고 있는 것 같던데……."

"제가 참견할 문제는 아닙니다만 상인의 귀는 생각보다 예민한 편이라 오지 않을 수가 없었습니다."

"그게 무슨 소리인가?"

마로가 미끼를 던지자 공작은 쉽게 걸려들었다. 상대로 하여금 먼저 궁금증을 불러일으키는 것이 마로의 화술 아니던가. 일단 궁금증이 일어나게 되면 그만큼 그의 말에 집중할 수밖에 없는 것이다.

"최근 들어 왕국내의 여론을 들어보니 각하께 꽤나 불리한 내용들이 많더군요. 제가 비록 각하를 알게 된 지가 그리 오래되지는 않았습니다만 그 가운데 대부분은 누군가의 조작이라는 생각이 들었습니다."

"오나시스 짓이지. 거참 역시 장사꾼이 아니라 사업가라

이건가? 그런 것을 파악할 정도면 절대 장사꾼 수준은 아니라 할 수 있지."

은근히 마로가 자신의 편에서 이야기를 하고 있으니 나쁜 말이 나올 리 없었다. 물론 이런 것도 마로의 의도였지만……

"각하께서 방금 말씀하신대로 저는 사업가입니다. 하지만 사업가 역시 이윤을 추구하는 것이 첫 번째라 할 수 있지요. 오늘 제가 각하를 뵙자고 한 이유는 바로 제 이윤과 각하의 이득을 동시에 만족시킬 수 있는 사안을 건의하기 위해서 입니다."

"둘 다 만족할 수 있는 사안이라……. 그거 은근히 구미가 당기는군그래. 어서 말해 보게."

아무리 무서운 인간이라지만 그래도 왕국의 제이인자로 불리는 사람이다. 그래서인지 그는 지금 속을 전혀 알 수 없는 태도로 마로의 말을 받았다.

"방금 말씀드렸듯이 저는 이윤을 챙기고 각하께서는 이번 전쟁으로 인해 불리해진 여론을 유리한 쪽으로 바꾸자는 겁니다. 아니, 여론 뿐 아니라 아예 각하의 편을 만들 수도 있겠지요."

"자네는 내가 편이 그렇게 없을 것처럼 보이는가?"

공작이 마로가 가소롭다는 듯 이렇게 물었다.

"물론 많으시겠지요. 하지만 그런 가운데서도 지금 당장은 압박을 받고 계시지 않습니까?"

"누가 감히 나에게 압박을 가한다는 말인가!"

"아버지……."

공작이 섬뜩한 기세를 내뿜으며 언성을 높이자 페이샤마인이 깜짝 놀라 그를 불렀다. 하지만 그뿐 더 이상 말을 할 수는 없었다. 공작이 그녀를 나서지 말라는 듯 질책이 담긴 시선으로 바라보았기 때문이다.

'역시 틀림없군. 조금 흥분시켰더니 그의 몸에서 잠깐이긴 해도 마기가 새어 나왔다. 일단 전쟁부터 해결하고 나면 이자를 철저히 몰아붙여 봐야겠군.'

이로 보아 마로는 일부러 공작을 도발했던 모양이다. 하지만 도발이 목적의 전부는 아닌지라 그는 다시 입을 열었다. 물론 전혀 당황한 기색 없이 말이다.

"당연히 오나시스 후작이겠지요."

"자네… 그자를 어떻게 아는가?"

오나시스의 이름이 거론되자 공작의 표정이 또 달라졌다. 설마 마로의 입에서 그 이름이 나올 줄은 몰랐던 모양이다.

"그가 틈만 나면 각하를 귀찮게 한다는 것도 잘 압니다. 이번에 여론을 조작한 사람도 후작이라는 것 역시 알고 있습니다."

"그자에 관해 더 아는 것이 있으면 말해 보게."

"가장 결정적인 것은 이번 전쟁에 협조해 주는 대가로 지난번 국방부 장관 자리를 그의 아들이 차지한 것으로도 모자라 경제부 장관 자리까지 내놓으라는 것 아닙니까?"

벌떡! 채앵~!

"너는 정체가 무엇이냐!"

"저는 사업가이자 정치 지망생인 샤이먼 남작입니다. 차후 기회가 된다면 베니무슈 공작님의 참모 자리도 은근히 노리고 있습니다만……."

마로의 말에 놀란 척 공작이 검을 꺼내 들어 그것을 그의 목에 대고 물었지만 그는 전혀 위축되지 않고 여전히 침착한 어조로 이렇게 또박또박 대답했다.

"푸하하하! 역시 자네는 놀라운 인물이야. 감히 내 앞에서 자네처럼 당당했던 사람은 단 한 명도 없었네. 갑자기 자네를 다시 시험해 봐서 미안하네. 요즘 내가 좀 민감해서 말이야. 어서 계속 이야기해 보게. 더욱 흥미가 가는군."

공작은 최근 들어 가장 유쾌한 기분을 맛보며 파안대소를 하였다. 이 당돌한 청년의 태도가 무척 마음에 든 모양이다.

"이제 각하께서 저에 대한 경계심을 조금 버리신 것 같으니 조금 쉽게 말씀드리겠습니다. 이번 헤이슈만 영지로의 출전에 앞서 병사들을 위한 자선 패션쇼를 여십시오. 각하와 말피리온 후작부인의 주최로 말입니다."

"병사들을 위한 자선 패션쇼?"

"네. 외람된 말씀입니다만 지금 저희 안드레 킴 브랜드는 왕국 제일입니다. 모든 귀부인들과 귀족가의 아가씨들은 저희 옷을 입지 못해 안달이 난 상태이지요. 그 점을 노려서 패션쇼를 열면 수많은 사람이 모일 것입니다. 비록 전쟁을 치러야 하는 상황이라 해도 말입니다. 사람들은 자신이 직접 연관되지만 않으면 어떤 일이든 언제나 강 건너 불구경이라 할 수 있기 때문입니다."

마로의 말이 계속될수록 공작의 머리가 빠르게 회전하기 시작했다. 그의 의도를 파악하기 위해서다. 하지만 지금 이 자리에 조마조마한 심정으로 앉아 있는 페이샤마인보다 빠를 수는 없었다. 그녀는 지금 태어나서 가장 빠르게 머리를 굴릴 수밖에 없었다. 방금 전에도 자칫하면 자신이 사모하는 남자가 비명횡사할 뻔했기 때문이다. 저 인간이 또 무슨 말로 아버지를 흥분시킬 것인지 예측이라도 해야 미리 말리지 않을까 싶었기에 더욱 생각이 필요했다.

"그래서? 패션쇼를 열어서 내가 얻을 수 있는 이득이 무엇이란 말인가?"

"바로 각하의 편과 병사들의 마음이지요. 각하의 편을 만든다는 말은 이번 전쟁을 부정적으로 생각하는 사람들을 긍

정적으로 생각할 수 있게끔 포섭하자는 뜻입니다. 그리고 패션쇼에서 얻어지는 이득금을 모두 병사들과 그의 가족들을 위해 쓴다고 발표 하면 전쟁에 동원되게 된 병사들의 사기가 그만큼 올라갈 것 아니겠습니까? 돌 하나로 새 두 마리를 잡는다는 말은 이럴 때 쓰는 말이지요."

"사람들 포섭은 어떤 식으로 할 것인가?"

"그건 제가 직접 나서서 하겠습니다. 헤이슈만 백작가에서 벌어진 일은 아무도 모릅니다. 모두 오나시스 후작의 수작에 의해서 무조건 그리티안 공녀가 먼저 잘못했다고 믿고 있는 것뿐입니다. 그런 여론을 뒤집는 것은 그리 어려운 게 아닙니다."

마로가 자신있게 말을 하자 공작의 표정이 눈에 띄게 부드러워졌다. 무엇 하나 마로의 말에는 허점이 보이지 않았기 때문이다.

"자신있는가?"

"네!"

"좋아! 허락하겠네. 지금 우리 군은 앞으로 보름 뒤에 출정할 예정이니 그 전에 그 일을 시행해 보게."

"감사합니다."

결국 공작이 자선 패션쇼를 허락하자 가장 먼저 페이샤마인의 얼굴이 환해졌다. 그녀는 이 자리에 앉은 이후 내내 불안 속에서 떨었던 것이다.

어쨌든 대체 마로가 무슨 생각으로 공작의 편을 들어주려는 것인지는 몰라도 이 안에 뭔가 알 수 없는 음모가 깔려 있는 것만큼은 틀림없어 보였다.

3

베니무슈 공작과 헤이슈만 성의 전쟁으로 인해 시국이 뒤숭숭한 가운데 전해진 초대장은 의외로 큰 반응을 불어 일으켰다. 초대장을 보낸 사람이 워낙 거물인데다가 무엇 보다 전쟁 당사자인 베니무슈 공작의 이름이 포함되어 있었으니 어찌 보면 당연한 반응이었다.

─안드레 부티크에서 귀빈들과 함께 이번 전쟁에 참전하는 병사들을 위해 자선 패션쇼를 개최하오니 참석해 주시면 감사하겠습니다.

주최 ─ 부티크 대표 벤자민 드 샤이언 남작

공동 주최 ─ 말피리온 후작부인

후견인 ─ 가우리안 폰 베니무슈 공작

특별 초청 모델 ─ 페이샤마인 폰 베니무슈

게다가 이렇게 적힌 초대장을 받은 귀족들은 충분히 자부심을 가질 만했다. 작위가 최소한 자작급 이상에 가진 재산이 상류층으로 분류될 수 있을 만한 귀족들에게만 전해진 초대장이기 때문이다.

　귀족들은 만나기만 하면 그 패션쇼에 대해 이야기를 하였다. 일단 샤이먼 남작이라는 사람은 몰라도 말피리온 후작부인과 페이샤마인은 그야말로 왕국 최고의 패션리더이자 사교계의 신구 쌍두마차라 할 수 있는 사람들 아니던가. 귀족들의 사교 모임에서 왕따를 당하지 않으려면 무조건 그녀들이 참석하는 모임에는 끼어야 한다는 말이 있을 정도로 두 여자가 가지고 있는 영향력은 생각보다 대단했다. 거기에 더 중요한 안드레 킴의 드레스를 입는다는 것이 지금 샹그레인 왕국에 살고 이는 모든 여성들의 로망으로 떠오르고 있다는 사실이었다.

　그리고 그런 초대장 가운데 한 장이 왕국 최고의 권력가 중한 명인 오나시스 후작에게도 전해졌다.

　"베니무슈 공작성에 등장한 옷가게에서 날 초대했다고? 그것도 이런 시국에? 허허… 정신 나간 놈인가 보군."

　"하지만 각하. 공동 주최자가 바로 말피리온 후작부인이십니다. 후견인은 더 놀랍습니다."

지금 후작에게 보고를 하고 있는 자는 그의 참모이자 후작 성의 정보부장인 젠그린 자작이었다. 그는 머리가 비상한 데다가 정보를 다루는 직책을 가지고 있어서인지 언제나 후작에게 중요한 일들만을 잘 간추려서 보고해 왔었다. 이 말은 일단 그가 보고 하는 안건은 어느 정도 중요하다는 의미였다.

"뭐라? 그분이 겨우 일개 옷가게의 행사에 함께하신다고? 그리고 후견인이 또 따로 있다는 말이냐? 그건 또 누구냐?"

말피리온 후작부인만 해도 국왕의 이모가 되는 사람이다. 즉, 지금 이야기를 듣고 있는 오나시스 후작과는 사돈지간이 되는 관계인 것이다. 그런 만큼 아무리 오나시스 후작이라지만 그녀는 함부로 무시할 수가 없었다.

그런데 그런 그녀 말고 또 다른 후견인이 있다는 소리에는 아무리 후작이라 해도 놀라지 않을 수가 없었다.

"후견인이 바로 베니무슈 공작입니다. 그의 딸 페이샤마인 양은 아예 초청 모델로 나오기까지 한답니다."

"베니무슈가 후견인이라니……. 그게 정말이냐?"

"네, 각하!"

아마 왕국 역사상 이렇게 거물들이 한꺼번에 후원해 주는 행사는 없었을 것이다. 게다가 그 행사라는 것이 겨우 자선 패션쇼라니. 후작이 놀라는 것도 무리는 아니었다.

그런 데다가 페이샤마인이라면 그조차 한때 며느리 삼고 싶어 했던 사교계의 꽃 아니던가.

"허어……! 정말 놀라운 수완을 가진 자로구나. 우리조차 한자리에 동시에 모시기 힘든 사람들을 후견인으로 내세우다니……. 그것만으로도 충분히 성공했다 할 수 있겠군."

"그렇습니다. 요즘 그렇지 않아도 세간에서 그자 때문에 말들이 많습니다. 이제 겨우 스물네 살이라는데 대체 그 젊은 나이에 어찌 그렇게 빨리 성공할 수 있었는지 다들 놀라움을 금치 못하고 있습니다."

"뭐? 겨우 스물네 살이라고? 그자가 샤이먼 남작이라고 했었나?"

"네, 각하."

"샤이먼 가문이라면 아주 오래전 백작의 가문이었던 걸로 기억하는데……. 하지만 안타깝게도 이백 년 전 군인들의 쿠데타 사건과 연루되어 몰락을 길을 걸었었지. 큰 잘못은 없었지만 당시 정적 가문의 모함으로 작위도 낮아지고 지방으로 쫓겨나다시피 해서 사라졌던 가문이었는데 그런 가문에 인물이 하나 나온 것 같군. 흐음……. 어떤 녀석인지 궁금한데?"

마로는 샤이먼 남작의 신분을 완벽하게 이용하기 위해서 급사했던 그의 나이까지 그대로 쓰고 있었다. 그런데 여기서 놀라운 점은 아무도 몰라보았던 샤이먼 남작의 가문을 기억하고 있는 후작이었다. 과연 마로는 자신이 사칭하고 있는 샤이먼 가문에 대해 얼마나 알고 있는지 궁금해지는 대목이었다.

"참석하실 생각이십니까?"

"베니무슈 공작이 후견인으로 나오는데 나라고 빠질 수는 없지. 아무리 생각해 보아도 이 패션쇼에는 뭔가가 있어. 그 냉정하고 이익을 위해서만 움직이는 인간이 겨우 일개 패션쇼에 생각 없이 후견인 노릇을 할 리가 없어. 그게 무엇 때문인지 알아보기 위해서라도 가봐야 해. 게다가 어쨌든 모델로 나온다는 페이샤마인 양은 아직도 내가 며느릿감으로 생각하고 있는 아이거든. 공작의 총애를 받고 있는 만큼 더 탐이 난다는 말이지."

"아름다운 분이시죠."

젠그린이 이렇게 한마디 하자 후작은 의외라는 표정으로 그를 돌아보았다. 하지만 그뿐, 별다른 이야기는 하지 않았다.

"어쨌든 좋아. 그날 특별한 스케줄이 없다면 참석해 보도록 하지. 이번에 국방부 장관 자리에 앉게 된 드벨리안도 함께 갈 것이니 시간을 잡아 보게."

"네, 각하!"

결국 어지간한 사교 모임에는 거의 등장하지 않는 오나시스 후작이 이번 패션쇼만큼은 참석하기로 결정했다. 그것도 그의 장남인 드벨리안 백작까지 동행해서 말이다.

사실 그가 파격적으로 참석하려는 이면에는 역시 베니무슈 공작에 대한 견제가 포함되어 있었다. 말피리온 후작부인이 함께 관여 하는 이상 이번 모임에 거물들이 대거참석하리라는 것은 불보다 뻔했다. 그런 자리에 자신만 빠지게 되면 음흉한 공작이 또 무슨 수작을 부릴지 불안한 것도 한몫했다.

"그건 그렇고, 헤이슈만 백작의 성에는 연락했나? 그들이 공작의 공격을 모르고 있으면 전쟁이 시작됨과 동시에 너무 싱겁게 끝날 수도 있어, 그렇게 되면 우리의 압박이 무용지물이 될 수도 있는 것은 알고 있겠지?"

"물론입니다. 이미 우리 정보부 인원을 총동원해서 그런 사실을 알려줌은 물론 그들이 공작과의 전쟁에서 최대한 버틸 수 있도록 만반의 준비를 하고 있습니다. 기왕이면 오래 버틸수록 각하께 유리한 일 아니겠습니까?"

"당연하지. 그래야 공작에게 압박을 더욱 가할 수 있거든. 그 일은 자네가 차질없이 잘 진행시키게."

"알겠습니다!"

상황은 이리 저리 복잡해지고 있었다. 처음에는 그저 공작가문과 헤이슈만 백작가문과의 전쟁이었지만 이제는 오나시스 후작가문까지 한 다리를 걸치려 하는 것이다. 물론 정치적으로 유리한 부분을 차지하기 위한 수작이었지만 이것은 마로 등에게 불리한 일은 아니었다. 오히려 도움이 될 수도 있었던 것이다. 단지, 이런 자들은 자신의 필요에 의해 도움을 줄망정 나중에는 꼭 뭔가 대가를 원할 수 있다는 것이 껄끄러운 문제라면 문제였다.

4

병사들을 위한 자선 패션쇼는 시작부터 대단한 성황을 예고하고 있었다. 워낙 쟁쟁한 거물들이 속속 도착하는 데다가 사교계에서 서로 일이 등을 다툰다는 꽃들까지 대거 등장하고 있었기 때문이다.

"제 평생에 이런 패션쇼를 열 수 있는 날이 올 줄이야…….정말 감사합니다, 총수님. 총수님을 만난 것은 그야말로 제 인생 최고의 행운이었습니다."

"하하… 무슨 소리. 이게 모두 자네의 뛰어난 솜씨 때문이라네. 내가 한 거라고는 고작 그 솜씨를 소문낸 것뿐이라네."

"역시 총수 오빠는 멋져요. 잘생기고 돈도 많고 또 거기에 겸손하기까지 하시니 말이에요. 저도 오늘은 꼭 이 말씀을 하고 싶었어요. 총수 오빠 감사합니다."

꾸벅…….

지금 시국이 어떤지 또 이번 패션쇼가 어떤 의미를 가지고 있는지 전혀 모르는 안드레 킴과 그의 여동생은 그저 마로가 고맙기만 했다. 이렇게 엄청난 패션쇼를 펼칠 수 있다는 것만으로도 재단사에게는 크나큰 영광이기 때문이다. 이런 식으로 간다면 마로가 애초에 약속한 대로 곧 제국으로의 진출도 가능할지 몰랐다.

"내가 더 고맙다. 네 오빠 덕분에 앞으로 돈을 더 많이 벌 것 같거든. 자, 어쨌든 나는 이만 손님 대접을 해야 하니 이따가 다시 보자."

"네, 어서 가보세요."

안드레 킴 남매와 대화를 나누던 그를 향해 오늘 경비를 맡고 있는 다크스타 출신의 벤슬로가 뭔가를 알리려는 듯 손짓을 했던 것이다.

"무슨 일이냐?"

"지난번에 총수님께서 조사해 보라고 했던 그 어쌔신 기억하시죠? 아울라 부총수님께 맡겼던……."

"아… 티몬스 레스토랑에서 날 공격했던 그놈을 말하는 거구나. 그놈이 왜?"

"맞습니다. 지금 방금 그놈을 사주했던 자가 나타났습니다."

아무리 입이 무겁고 대단한 어쌔신이라 해도 어쌔신계의 전설로 구분되는 아울라에게 걸린 이상 모든 것을 실토하지 않을 수 없었다. 그랬기에 마로 역시 켄이라는 어쌔신을 고용했던 자가 누구인지 알고 있었지만 요즘 상황이 워낙 복잡하고 바쁘다 보니 그동안 일부러 간과하다가 이번 패션쇼를 기회로 그에게도 초청장을 보낸 것이다.

"아직 가장 중요한 손님들이 오기 전이니 그놈을 손봐줄 시간은 충분하겠군. 창고에 가 있을 테니 그자를 잡아 오너라."

"네!"

어릴 때부터 당한 것은 꼭 갚는 습관을 가진 마로이다. 환경 탓인지 아니면 성격 탓인지 그는 그야말로 지독할 만큼 뒤끝이 길었다. 그런 그의 목숨을 노린 자이니 그가 그냥 넘어갈 리가 없는 터.

"여기에 뭐가 있다고 자꾸 가자는 게냐?"

"이제 조금만 더 가면 됩니다요. 그러니 고정하십시오."

마로가 먼저 창고 안에서 기다리고 있는 것을 아는 벤슬로인지라 그는 약간 초조한 기분으로 누군가를 데려가고 있었다. 자신이 하늘로 여기고 있는 마로가 행여 기다리다 짜증이라도 날까 봐 걱정스러웠던 것이다.

"아까는 어떤 아가씨가 부른다며? 보아 하니 여긴 지하 창고 같은데 이런 곳에 아가씨가 어디 있다고 그러느냐? 네놈은 내가 누구인지 모른단 말이냐?"

찰싹!

하지만 그가 데리고 오는 사람은 실로 다루기가 짜증날 정도였다. 처음 볼 때부터 반말을 지껄이는 것까지는 참을 만했다. 하지만 그가 이곳까지 오는 내내 심심하면 뒤통수를 쳐댔는데 그건 정말로 참기 힘들었다. 특히, 이제 아무도 없는 지하로 내려온 이상 더욱 그랬다.

"그만 하시죠? 이제 다 왔다니까요!"

그랬기에 그는 결국 소리를 지르고 말았다.

"어쭈? 겨우 하인 주제에 감히 나에게 눈을 부라려? 거기다가 뭐가 어쩌고 어째? 그만하라고? 더 하면 어쩔 건데? 응? 어쩔 건데!"

철썩! 툭! 툭!

내내 참고 있다가 한마디 했을 때 그자가 뭔가 눈치를 챘다면 그쯤에서 끝났겠지만 그는 명색이 귀족이었는지 벤슬로의 도발에 더욱 흥분해서 마구 손을 움직여 그를 때리기 시작했다.

"에이 씨팔! 그만하라고 했지. 이 싸가지없는 새끼야!"

슈욱~! 빠악!

"케엑! 이, 이자식… 컥!"

"내가 왜 네 자식이냐! 더 맞아라!"

퍽! 퍼퍽! 퍽!

"크아악!"

그렇게 잠시 동안 처절한 매타작이 진행되었다. 만일 벤슬로가 워낙 충성심이 강한 사람이 아니었다면 그자는 아마 그 자리에서 죽었을 것이다. 하지만 극도로 흥분한 와중에도 벤슬로는 억지로 이성을 되찾을 수가 있었다.

"이 자리에서 네놈 목을 따고 싶다만 나의 마스터께서 널 데려오라고 하셨으니 일단 살려 두겠다. 하지만 만에 하나 우리 마스터 앞에서도 싸가지없이 굴면 그땐… 상상하기도 실은 일을 겪게 될 것이다. 알겠느냐?"

"으워……"

끄덕끄덕…….

어쩌다 쥐어 터졌는지 그자는 말도 제대로 하지 못해서 연신 고개만 끄덕였다. 대꾸가 늦었다가는 더 맞을까 봐 두려웠던 것이다.

똑똑…….

"왔느냐?"

"네! 총수님!"

"들어오라."

"네!"

그리고 마침내 벤슬로는 그자를 질질 끌고 마로 앞으로 다가갔다. 마로는 거의 걸레처럼 변해 버린 사내를 가만히 보다가 조용히 한마디 했다.

"당신이 벤드렌 남작이시오?"

"그렇소. 내가 바로 벤드렌 남작이오. 대체 내가 왜 이런 꼴이 되어야 하는 거요? 가만, 당, 당신은 아까 위에서 본 것 같은데……. 맞다. 당신이 바로 오늘 패션쇼를 여는 샤이론 남작이지요? 잘 만났소! 저, 저 평민 놈이 날 이 지경으로 만들었다오. 이게 말이 되오? 어서… 어서 저놈을 족쳐주시오."

거의 죽을 것처럼 엄살을 부리던 자가 마로의 친절한 물음에 기가 도로 살았는지 이처럼 격앙된 목소리로 소리를 질러 댔다.

"네가 그를 저 꼴로 만들었느냐?"

털썩!

"죽을 죄를 졌습니다. 저를 벌하여 주십시오."

"저것 보시오! 저놈이 실토하잖소. 왕국에 엄연히 법도가 있거늘 평민 놈이 감히 고귀한 귀족을 죽일 듯 때리다니……. 저런 놈은 공개처형을 시켜야 하오."

마로가 시키지 않은 일을 저질렀으니 벤슬로 입장에서는 죄를 빌 수밖에 없었다. 하지만 그것을 잘못 이해한 벤드렌 남작은 처음 등장했을 때 보다 더욱 기세등등해져서는 난리를 쳤다. 하긴 그의 입장에서 보면 꽤나 억울하기도 할 터였다.

"벤드렌 남작."

"왜 그러시오?"

"당신은 잠시만 조용히 해보시오. 보다시피 나는 지금 벤슬로와 이야기 중이오."

"……."

같은 귀족인지라 벤드렌은 지금 큰 착각을 하고 있었다. 하극상을 좋아하는 귀족은 없었기에 일단은 마로가 자신을 도와줄 것이라 생각한 것이다.

"말해봐라. 어째서 귀족을 저 지경이 될 때까지 때린 것이지?"

"그게 사실은… 저자를 여기까지 데리고 오는데……. …어쩌고저쩌고……."

마로의 물음에 벤슬로는 거짓 하나 없이 그대로 이야기했다. 저자가 여기까지 오면서 자꾸 뒤통수를 때린 것과 심지어 귀싸대기까지 친 이야기를 모두 털어 놓았다.

"그랬군. 확실히 너는 잘못을 한 것이 있다. 그런데 너는 그 잘못이 무엇인지 제대로 알고 있는 게냐?"

"감히 총수님의 손님을 제 감정 따위를 참지 못해서 상하게 한 것입니다. 죄송합니다!"

"아무튼 저런 쓰레기 같은 평민 놈은 살려두면 안된다니까."

분위기가 점점 자신에게 유리해지는 것 같아 보이자 이제 벤드렌은 의기양양해서 이렇게 주절거렸다. 이제 맞아서 아팠던 것조차 잊은 모양이다.

"네 잘못은 그게 아니다. 내가 알려주마. 누군가를 밟으려고 마음먹으면 확실하게 밟아야 한다. 저 인간처럼 다시 기가 살아나게 한 것이 너의 가장 큰 잘못이다."

"네?"

듣다 보니 마로의 말이 어딘가 이상했다. 그래서 벤슬로는 자신이 잘못 들었나 싶었다. 하지만……

"이번이 처음이니 용서해주겠다. 하지만 다음에는 또 이런 실수를 반복하지 마라. 오늘은 내가 직접 시범을 보여주지. 저런 놈은 어떻게 밟아야 하는지 말이야. 들었소, 벤드렌 남작?"

"왜, 왜 그러시오? 그리고 지금 그게 대체 무슨 말인 거요?"

마로의 입에서 자신의 예상과 전혀 다른 이야기가 튀어 나오자 벤드렌은 불길한 예감이 들었는지 주춤주춤 뒤로 물러섰다.

"당신에게는 길게 말하는 것도 아까워. 간단하게 말해주지. 너는 감히 어쌔신을 보내 나를 죽이려 했었다. 그것 하나만으로도 용서가 안 되는데 거기에 나의 충실한 수하까지 괴롭혔으니 일단 맞자."

슈웅~ 뻐억!

"끄악!"

우당탕 쿵탕! 털썩!

마로가 말이 끝나기 무섭게 어느새 그의 코앞까지 날아가더니 가볍게 한 대 쳤다. 하지만 그 한방으로 벤드렌의 몸은 볼썽사납게 나뒹굴더니 그대로 쭈욱 뻗고 말았다. 사실은 약은 그가 기절한 척을 한 것이지만……

"나는 이미 어릴 때부터 사람이 얼마만큼 맞아야 기절하는가를 연구해 본 바가 있었지. 물론 그때 그것을 정확히 알게 되었고 말이야. 최소한 지금 정도의 주먹으로 다 큰 성인이 기절할리는 전혀 없다. 밟아보면 쉽게 확인되는 문제지만."

퍼억! 퍽!

"크악! 살, 살려주시오!"

감정이라고는 단 한 올도 섞이지 않는 말투로 이야기를 하면서 벤드렌을 패고 있는 마로의 모습은 실로 무서웠다. 그러나 알고 보면 이것은 당연한 일이었다. 자신을 먼저 죽이려

했던 자에게 관대하게 대할 만큼 그는 착한 사람이 아니기 때문이다. 그리고 이런 행동이야말로 아무리 바빠도 할 건 해야 직성이 풀리는 마로다웠다.

Chapter 08
음모

DEMON
제일좌
BLOOD

1

사실 알고 보면 패션쇼의 역사는 꽤나 깊다. 원래는 귀족들
이 대량으로 가축을 도살하거나 할 때 하인들 중 가장 용모가
뛰어난 하인들에게 그 영지에서 만든 최고의 옷을 입히고 하
늘에 제사를 지내는 것이 그 기원이라 할 수 있다. 이런 풍습
이 계속되는 가운데 옷을 만드는 전문 재단사가 출현하게 되
고 그들 가운데서도 감각이 뛰어난 크렘블루라는 자가 옷을
만들 때 미술적 기법을 도입함으로 인해 결국 패션 디자인이
라는 분야가 발달하게 된 것이다.

하지만 그런 역사 가운데서도 오늘처럼 마법의 조명과 음

악이 어우러진 패션쇼는 단 한 번도 없었다.

즉, 마로와 안드레 킴은 대륙 역사상 최초로 말 그대로 쇼다운 패션쇼를 처음 시도하고 있었던 것이다.

"와아~! 저게 정말 인간이 입는 옷이란 말인가? 너무 황홀해~!"

"이거야말로 예술이야. 오오… 안드레 킴이 누구인지 모르겠지만 그는 정녕 금세기 최고의 패션 디자이너가 분명해!"

그렇지 않아도 세련되고 아름다워 보이는 옷이다. 그런 옷을 늘씬한 미녀들이 입은 데다가 그녀들이 형형색색으로 쏟아져 내리는 황홀한 조명 속을 우아하게 걷고 있느니 그 모습이 얼마나 신비하고 멋지게 보였겠는가.

사람들은 그야말로 숨도 크게 쉬지 못한 채 이 패션쇼에 깊이 몰입하기 시작했다.

"다음은 오늘의 하이라이트! 특별 게스트로 초대받으신 페이샤마인님께서 나오시겠습니다. 입고 나오실 옷은 '불꽃의 비상' 입니다. 모두 집중해서 보아 주십시오!"

두두두둥!

다른 모델들이 등장할 때와는 달리 음악부터 완전히 달라졌다. 사람들의 기대 심리를 더욱 고조시키는 웅장한 음악이 흘러 나왔던 것이다. 그리고…….

"이런! 요정이다! 요정이 등장했다!"

"과연 왕국 제일 미인다워!"

과연 안드레 킴이 천재는 천재였다. 그가 만든 옷은 세대를 뛰어넘어 누가 보든 아름답다고 여길 수밖에 없는 그 무엇이 있었다. 늘 보던 색깔도 그가 만든 디자인과 결합하자 절묘한 느낌을 전해 주었는데 거기에 페이샤마인의 하얀 피부가 조화를 이루자 정말 환상적인 분위기가 연출되는 것이었다.

이는 애초에 옷을 만들 때부터 입을 사람에 대한 연구가 없이는 불가능한 패션이라 할 수 있었다. 지금 이 자리에는 귀족들 뿐 아니라 같은 업계에 있는 수많은 사람들도 모여 있었는데 그들 모두의 눈은 그야말로 감탄 일색으로 물들고 있었다.

그런데 바로 그때 무대 뒤에서는 예상치 못한 일이 벌어지고 있었다.

"대체 그게 무슨 소리냐? 소피아가 사라졌다니?"

"조금 전까지도 분명 있었는데 지금은 아무리 찾아도 없습니다. 어떻게 할까요?"

소피아는 현재 왕국 최고의 패션모델이다. 그녀는 신이 내린 완벽한 몸매의 소유자로 유명했다. 그녀가 포대자루를 뒤집어써도 유행이 될 정도로 그녀의 패션 감각은 남달랐으며 디자이너라면 그 누구라도 그녀부터 옷을 입히고 싶어 할 정도로 지명도가 높은 모델이었던 것이다.

"소피아는 지금 갑자기 심한 복통이 나서 급히 치료사를 찾아 갔어요. 어지간하면 참고 무대에 설 텐데 심해도 너무 심해 선생님께 말씀도 못 드리고 간다고 전해달라며 조금 전에 가더군요."

소피아라는 모델이 맡은 역할이 중요한지 무대 뒤는 그야말로 난리가 났다. 특히, 오늘의 주인공이라 할 수 있는 안드레 킴의 안색은 흙빛이 될 정도였다.

"아아… 피날레를 장식할 모델이 사라졌으니 이를 어쩐단 말이냐."

"무슨 일인데 분위기가 이렇게 우울한가?"

"어서 오십시오, 마스터. 그렇지 않아도 마스터께 보고를 드릴 참이었는데 잘 오셨습니다. 실은 오늘 가장 중요한 역할을 맡은 모델이 사라졌습니다. 그녀가 없으면 피날레 무대를 선보일 수 없습니다. 어떻게 할까요?"

어떤 종류의 공연이든 피날레가 중요한 것은 당연했다. 그러나 패션쇼는 그 어떤 쇼보다도 더 피날레가 중요한 쇼라 할 수 있기에 안드레 킴의 심정은 지금 미칠 지경이라 할 만했다.

"다른 모델을 대신 쓰면 되잖소?"

"그건 절대 불가능합니다. 우선 그녀만큼 그 옷의 가치를 잘 표현해줄 모델이 없거든요. 더 중요한 것은 신이 빚은 최고의 작품이라 불리는 그녀의 몸매에 딱 맞춘 옷인지라 옷이 맞는 모델이 아예 없는 게 더 큰 문제라 할 수 있지요."

안드레 킴의 우는 소리는 단 한마디로 요약되었다. 바로 사라진 소피아처럼 멋진 몸매를 가진 모델은 또 없다는 것이다. 그 소릴 들으니 마로 역시 방법이 떠오르지 않았다. 이런 문제만큼은 그로써도 해결 방법을 찾을 수가 없었다. 그런데 바로 그때⋯⋯.

"그 옷⋯ 제가 입어 볼까요?"

"아⋯ 루나 양이?"

늘 어둠 속에서 움직이던 루나가 갑자기 나타나 이렇게 말을 했다. 그러자 그녀가 누구인지 잘 모르는 안드레 킴은 놀란 눈으로 그녀를 바라보았다. 하지만 곧 그의 입은 점점 벌어졌다.

"이럴 수가⋯⋯. 당신이야! 소피아 말고도 이렇게 균형 잡힌 몸매의 소유자가 또 있었을 줄이야! 댁이 누구신지는 모르겠지만 키가 어떻게 되는지 물어도 괜찮겠습니까?"

"일 미터 칠십 정도는 될 거예요. 재본 지 오래되긴 했지만⋯⋯."

"마스터! 이분이라면 충분히 맞을 것 같습니다. 게다가 이렇게 무결점의 얼굴과 피부를 가지셨으니 오히려 소피아보다 더 나을 겁니다! 제가 그 옷을 만들 때 이런 분을 상상하며 만든 게 아닐까 싶을 정도거든요."

"그래? 그렇게 까지 이야기한다니… 그거 잘 됐군. 그럼 루나 양이 잠깐 수고해 줄래?"

"이런 경험은 처음이지만 옷이 너무 마음에 들어서 나선 것이니 수고랄 것도 없죠. 호호."

평상시에 워낙 루나를 그저 동료로만 생각했지 여자로 느끼지 않아서 그런지 마로는 속으로 그저 다행이라고만 생각했지 그녀가 아직 얼마나 아름다운 여인인지 실감하지 못하고 있었다. 하지만 곧 마지막 무대인 피날레가 시작되자 그는 자신의 눈이 얼마나 동태눈이었는지 실감할 수밖에 없었다.

"오오… 미의 여신께서 강림하셨다!"

"이, 이건 패션쇼가 아니라 바로 저분을 위한 무대였다. 세상에 저렇게 완벽한 미인이 존재했다니……. 이제 죽어도 여한이 없겠구나."

"저, 저 여자가 정말 지금까지 나와 늘 이야기했던 그녀란 말인가? 이건 말도 안 돼!"

루나가 등장하자 패션쇼장이 난리가 뒤집어졌다. 사람들은 모두 한결같이 입을 벌린 채 반쯤 넋이 빠질 정도였다. 그런데 그런 증상은 그들뿐만이 아니었다.

"저 오늘부터 루나님의 팬할 겁니다."

"헐헐……. 이것 보게, 벤슬로군."

"농담 아닙니다. 말리지 마십시오. 아울라 부총수님. 저는 오늘부터 목숨 걸고 루나님의 팬이 될 거라고요!"

"나도… 끼어주면 안 될까? 그 팬이라는 거 말이야……."

"당연히 끼어드리겠습니다. 헤헤……."

마로의 최측근들까지 모두 그녀의 아름다움에 매료되어 버린 것이다. 물론 이때는 마로 역시 그녀의 눈부신 아름다움에 흠뻑 빠져들 수밖에 없었다. 그나마 쇼가 끝났으니 망정이지 더 이어졌다면 오늘 진행해야 할 일까지 망쳤을 지도 몰랐다.

어쨌든 그렇지 않아도 열기가 대단한 무대였는데 그녀의 멋진 피날레로 인해 이번 쇼는 훨씬 더 대단한 성공을 거두고 서서히 막을 내리고 있었다.

"아울라 부총수님. 준비는?"

"이미 끝난 상태입니다. 그자가 곧 움직일 것입니다."

"후후… 이제야 진짜 쇼가 시작되겠군요. 베니무슈 공작이 뒤집어질 만한 그런 쇼 말입니다."

"클클클… 그렇지요. 아마 모두 뒤집어지겠지요."

화려한 패션쇼장이 조명이 하나둘 꺼질 무렵 마로는 아울라와 이런 수수께끼 같은 대화를 나누었다. 그들이 이야기하는 쇼는 과연 무엇인지 아직은 그 누구도 알 수가 없었다.

2

패션쇼가 생각보다 훨씬 더 큰 성공을 거두고 막을 내리고 나자 장내의 분위기는 한껏 고조되었다. 여기저기서 옷에 대한 극찬이 터져 나왔으며 거물급 귀족들은 오늘 보았던 옷들을 구매하기 위해 벌써부터 아우성이었다. 그 뿐 아니라 오늘 최고의 아름다움을 뽐냈던 페이샤마인과 블랙루나를 보기 위해 난리가 아니었다.

"모두 감사합니다. 하지만 오늘은 상품은 판매하지 않습니다. 대신 오늘 자리를 빛내주시기 위해 오신 분들께 만찬을 대접하고자 하오니 지금부터 즐겨주시기 바랍니다."

마로가 이처럼 당장 옷을 팔지 않는 것에는 두 가지 목적이 숨어 있었다. 하나는 손님들을 더욱 애타게 만들어서 상품 가치를 높이려는 것이고 또 하나는 애초부터 계획했던 치밀한 음모를 꾸미기 위해서였다.

어쨌든 주인이 이렇게 말을 하는 데다가 막상 만찬 준비가 시작되자 사람들은 곧 거기에 몰입하기 시작했다. 시간이 벌써 저녁 먹을 시간이 지난 것이다.

"원래부터 의도 했던 것은 아니지만 조금 있다가 그가 움직일 때에 맞춰서 루나 양이 등장하면 좋을 것 같아."

"제가요? 갑자기 그건 왜요?"

만찬이 시작되자 마로와 그의 측근들은 잠시 그들만의 공간에 모여서 작전을 위한 긴급회의를 하고 있었다.

"아까 관객들의 반응은 루나 양도 느꼈지? 그들이 얼마나 열광했는지를……. 만에 하나 지금 다시 루나 양이 등장하면 그들은 더욱 열광할 거야. 그런 분위기가 형성되면 저들의 경계심이 더 풀어지지 않겠어?"

"한마디로… 제가 일종의 미끼 노릇을 하는 거군요?"

"미, 미끼라니… 설마……. 어차피 루나 양도 저녁을 먹어야 하잖아. 그냥 가볍게 저녁이나 먹는다고 생각하면 되는 거야. 하하……."

루나가 정곡을 찌르는 말을 하자 마로는 괜히 미안해졌는지 약간은 더듬거리며 헛웃음을 흘렸다. 하지만 그의 말이 틀린 것은 아니다. 패션쇼에서 입었던 옷을 벗긴 했지만 지금 루나는 평소와는 다른 차림이었다. 안드레가 오늘 저녁 만찬에서 입을 수 있는 이브닝드레스를 선물했는데 그 옷 역시 너무나 잘 어울렸고 또 무엇 보다 아직 화장한 얼굴이어서 그 아름다움이 여전했던 것이다.

"알겠어요. 그렇다면 신호를 주세요. 그때 나갈 테니까. 배가 몹시 고프지만 참아야지 어쩌겠어요."

"고마워. 내가 가만히 생각해 봤는데 루나 양을 만난 것은 참 행운인 것 같아. 자. 그럼 나 먼저 나갈 테니 다들 바짝 긴장하고 맡은 역할에 최선을 다하라고."

"네! 총수님!"

마치 지나가는 말투로 이야기했지만 지금 마로가 한 말은 진심이었다. 지금 그들 가운데 만일 루나가 없으면 여러 가지로 훨씬 힘들었을 것이다. 그만큼 그녀가 해온 역할은 지대했다.

어쨌든 그렇게 마로는 다시 만찬석상으로 가서 귀빈들과 일일이 인사를 나누었다. 결국 이 사람들은 어떤 형태로든 자신의 고객이 될 사람들인지라 소홀히 할 수 없는 것이다.

물론 그들 중에는 오나시스 후작도 있었으며 그의 장남이자 이번에 국방부 장관으로 선출된 드벨리안 백작도 있었다. 게다가 그들의 좌석에는 페이샤마인도 합석해 있었다. 이는 아무래도 베니무슈 공작이 의도적으로 보낸 것임을 마로는 눈치 챌 수 있었다. 비록 지금은 심각한 정적 관계지만 언젠가는 다시 같은 배를 탈 수도 있는 것이 정치판인지라 이럴 때 굳이 적대감을 드러낼 필요가 없다고 생각했을 터였다.

"자네가 샤이먼 가문 출신이라고?"

"그렇습니다. 후작 각하!"

"거참. 난 샤이먼 가문이 이제 완전히 몰락했다고 생각했었는데 오히려 그 반대가 되겠군. 그대처럼 출중한 인재가 나타났으니 말이야."

마로는 모르고 있었지만 이것이야말로 그에게는 위기라 할 수 있었다. 자칫하면 자신의 정체가 드러날 수도 있는 상황이기 때문이다.

"아, 각하께서는 우리 가문을 알고 계신 모양이군요. 이거 정말 영광입니다. 그리고 그 말씀 칭찬으로 듣겠습니다."

"지금은 사람들에게 잊혀버렸지만 이백여 년 전만 해도 샤이먼 가문은 그야말로 명문이었지. 그런데 자네의 5대조 할아버지되시는 분 있잖은가? 가만 그분 성함이 뭐였더라……."

오나시스 후작이 샤이먼 가문의 오대조 할아버지를 꺼내더니 갑자기 말끝을 흐렸다. 이것이 마로를 시험하려는 것인지 아니면 진짜로 말을 하려다가 이름을 잊어버린 것인지는 알 수 없었지만 만일 마로가 여기서 아무 말도 못한다면 이상해 질 수밖에 없는 상황인 것만은 확실했다.

"저의 오대조 할아버지라면 함자가 말콩트 드 샤이먼이십니다. 비록 작위는 남작이셨지만 학문이 무척이나 뛰어나셨던 분입니다. 세상에 거의 알려지진 않았지만 말입니다."

"맞아! 말콩트 드 샤이먼 남작님! 그분은 나의 3대조 할아버지께서 유일하게 인정하셨던 분이라 나도 알고 있다네. 허허……. 그래서 그런지 이거 더 반갑구먼. 오늘 패션쇼는 정말 감명 깊게 보았네. 최고였어."

너무 자연스럽게 대화가 이렇게 넘어가자 아울라를 비롯해 인근에서 정체를 감춘 채 마로만을 주시하던 그의 측근들은 한 결 같이 길게 안도의 한숨을 내쉬었다. 알게 모르게 하나의 위기가 이렇게 지나갔다.

　"감사합니다. 각하. 차린 것은 별거 없지만 많이 드십시오."

　"고맙네, 허허……."

　오나시스 후작이 만족스럽다는 듯 이렇게 대답하자 마로의 오른손이 슬며시 올라갔다. 루나를 비롯해 측근들에게 작전을 개시 하라는 신호를 보내는 것이다.

　그러자 우선 루나가 등장했다. 그녀의 등장은 마로의 예측대로 장내를 몹시 술렁이게 하였다.

　"저기 여신이 나왔다!"

　"평범한 이브닝드레스를 입었는데도 미모가 여전하구나."

　늘씬하고 굴곡있는 몸매에 작은 얼굴, 그리고 하얀 피부를 가진 그녀가 사람들의 옆을 스쳐지나 갈 때마다 탄성이 저절로 새어나왔다. 그런데 그런 사람들과는 달리 조금은 긴장된 표정으로 오나시스의 테이블로 다가가는 자가 있었다. 그런데 이때 사람들의 이목은 거의 모두 루나에게 향해 있었기 때문에 그 누구도 웨이터 차림을 하고 있는 남자 한 명이 하울론 백작의 옆을 슬쩍 지나가는 것을 눈여겨보지 않았다.

"오나시스 후작 각하! 오랜만에 뵙습니다."

"오… 자네는 하울론 백작이 아닌가. 이거 정말 오랜만이
로군."

"네! 진작 찾아뵙고 인사드렸어야 했는데 요즘 저희 성의
방위 사령관께서 자리를 비워 틈이 없었습니다. 죄송합니
다."

오나시스 후작 일행이 모여 있는 자리까지 찾아 온 자는 공
식적으로 베니무슈 성의 방위군 부사령관을 맡고 있는 하울
론 백작이었다. 물론 비공식적으로는 오나시스 후작의 비밀
첩보원이기도 했다. 그래서 인지 오나시스의 얼굴 표정이 약
간은 묘해 보였다. 뭔가 껄끄러운 모양이다.

"그런데 자네가 여기까지 직접 온 이유가 무엇인가? 설마
자네가 오늘 접대를 담당했을 리는 없을 테고……."

"저희 공작 각하께서 이번에 국방부 장관이 되신 드벨리안
백작님께 축하의 의미로 이 귀한 멜로시안 주를 선물로 내리
셨습니다. 오십 년 이상 묶은 거라 합니다. 어서 한 잔 받으시
지요."

후작은 비아냥거리는 투로 이렇게 말을 했지만 하울론은
일부러 다 들으라는 듯 이렇게 말을 했다. 이럴 때는 그게 현
명하다 생각한 모양이다.

"오호……. 공작께서 우리 아들을 그렇게 생각해 주실 줄

몰랐군. 멜로시안 주 오십 년산이면 그야말로 보물 아닌가.
드벨리안, 네가 먼저 맛을 보거라. 어쨌든 너에게 주신 선물
이라 하시니……."

"네, 아버지! 그럼……."

벌컥 벌컥…….

오나시스 후작의 말에 드벨리안은 아무 의심 없이 그 술을
단숨에 들이켰다. 그 역시도 하울론 백작이 자신들 편인 것을
알기에 더욱 그랬을 것이다. 그런데…….

챙그랑~!

"우욱! 하, 하울론 네놈이 감히… 크헉!"

"아악!"

그 술이 들어가는 순간 드벨리안의 안색이 흙빛으로 변하
더니 잔을 놓침과 동시에 입가에 피를 흘리다가 쓰러져버렸
다. 그러자 가까이에 있던 페이샤마인이 놀라서 비명을 질렀
다.

"모두 저놈을 잡고 공작군을 경계하라!"

우르르르…….

누가 봐도 독을 마신 증상인지라 후작은 미친 듯이 소리를
질러댔다. 그러자 그의 측근들은 모두 검을 꺼내 들더니 가장
먼저 하울론 백작을 잡아들였다. 그런데 이상한 것은 하울론
백작 역시 이런 사태를 예측하지 못했는지 반쯤 얼이 빠진 표

정으로 순순히 잡혔다는 것이다. 그가 반항했으면 쉽게 잡히지 않았을 텐데도 말이다.

3

"당신이 할 일은 간단하오. 만찬이 시작되면 내가 신호를 보낼 테니 그때 이 술을 공작이 보낸 것이라 하며 오나시스 후작의 장남에게 권하기만 하면 되오."

"나더러 드벨리안을 독살하라는 말이냐?"

"어허… 독살이라니……. 그 술에는 독이 없으니 걱정 마시오. 그가 죽으면 우리도 곤란하거든."

자신이 오나시스 후작의 측근과 이야기했던 내용을 들려주며 복면의 사나이는 이렇게 협박했었다. 그때 그는 분명 술에는 독이 없다고 했고 또 그것을 그 자리에서 주사기를 이용해 술을 빼내 직접 먹어 보이기도 하는 바람에 믿었다. 그러니 그런 심부름을 한 것이지 만일 독이 있다고 생각했다면 설혹 자신이 공작에게 목숨을 잃는다 해도 결사적으로 반항했을 것이다. 그는 과거 후작에게 큰 은혜를 입은 적이 있었기에 그를 배신할 수는 없는 입장이기 때문이다.

'빌어먹을……. 이것들이 날 속였구나. 설마했는데 이런 일이 벌어질 줄이야……. 이제 와서 변명을 한들 먹힐 리도

없고……. 결국 내 인생이 이렇게 비참하게 끝나는구나. 나는 그렇다 치고 우리 가족들은 어이 할꼬.'

제대로 음모에 걸려든 하울론은 그야말로 절망했다. 그는 여기서 결단을 내려야 함을 직감했다. 자칫하면 자신의 가족들까지 좋지 않은 영향이 갈 것이 뻔했기 때문이다.

그가 그렇게 심각한 고민을 하고 있는 사이 장내는 급속도로 소란스러워졌다. 어쨌든 오나시스 후작의 장남이 죽게 생겼으니 이대로 넘어갈 문제가 아닌 것이다.

"베니무슈! 네가 감히 내 아들을 죽이려 들어? 장관 자리를 빼앗긴 것이 그렇게도 억울했던 것이냐!"

"오해요! 내 아무리 후작과 정적 관계라 해도 그렇게까지 치사한 수법을 쓰겠소? 잘 생각해 보시오. 이는 누군가의 음모가 분명하오. 하울론! 어서 누가 시킨 것인지 실토해라!"

원래대로라면 누가 봐도 명백한 이 상황에서 공작이 변명 같은 것을 할리가 없었다. 그랬기에 오나시스 후작도 뭔가 이상하다는 생각이 들었는지 곧 하울론을 노려보았다. 그런데…….

주르륵…….

"헉! 하울론 백작이 스스로 목숨을 끊었습니다!"

"뭣이! 이럴 수가……. 저놈이 미쳤나 이럴 때 왜 또 뒈지고 난리야!"

하울론 백작의 죽음에 가장 골이 아파진 사람은 바로 베니무슈 공작이었다. 이건 도대체가 변명의 여지마저 사라진 것이니 답답할 노릇인 것이다. 아무리 그가 권력이 강하고 군사력이 대단하다지만 그렇다고 후작과 전쟁을 하고 싶은 마음은 전혀 없었다. 후작의 세력 역시 그리 만만한 것은 아닌지라 만에 하나 전쟁이 벌어지면 양쪽 다 엄청난 타격을 입을 것은 불 보듯 뻔한 일이었다.

그런데 만에 하나 오나시스의 장남이 하울론 때문에 죽는다면 그 모든 죄를 꼼짝없이 뒤집어쓰게 될 것이고 이는 곧 전쟁으로 이어질 수밖에 없었다. 어느 누가 아들을 죽인 원수를 그냥 둘 리 있겠는가.

"드벨리안! 어서 정신을 차려 보아라! 드벨리안~!"

오나시스 후작은 공작을 노려보면서도 자신의 장남을 흔들며 이렇게 소리쳤다. 아직은 숨이 붙어 있는지라 한 가닥 희망을 가지고 있는 것이다. 그러나 아무리 이름을 불러도 드벨리안은 깨어날 줄을 몰랐다.

"베니무슈 공작! 나는 그래도 그대를 신사로 생각했는데 어찌 이런 파렴치한 짓을 저지를 수가 있는가. 만에 하나 드벨리안이 죽는다면… 당신과 나는 한 하늘 아래 공존하지 못하리라!"

"잠시만요, 오나시스 각하! 어쨌든 저의 가게에서 벌어진 일이니 아드님을 잠시 살펴볼 수 있게 해 주십시오. 마침 우리 상단에 치료 마법사 한 분이 계셔서 급한 대로 그분을 오라 했습니다."

그렇게 사태가 심상치 않은 쪽으로 흘러갈 무렵, 내내 상황을 주시만 하고 있던 마로가 나서더니 이렇게 말했다. 그러자 오나시스 후작은 지푸라기라도 잡자는 심정으로 얼른 대꾸했다.

"그렇다면 어서 살펴보게 하라. 어서!"

"네, 아울라 마법사님. 부탁드립니다."

"알겠습니다, 단주님."

전설적인 어쎄신에서 졸지에 치료마법사가 된 아울라였지만 그는 전혀 당황하지 않은 얼굴로 태연스럽게 쓰러져 이는 드벨리안을 살펴보기 시작했다. 어찌나 천연덕스럽게 연기를 하는지 누가 봐도 이 순간 그는 완벽한 마법사였다.

"아… 이건 퀸 타란튤라의 독에 당한 증상입니다. 이 귀한 독이 다시 나타나다니……. 으음……."

"퀸 타란튤라의 독? 그게 무엇인가?"

후작이 급히 물었다. 아울라가 독의 정체를 단번에 알아내자 신뢰감이 생긴 모양이다.

"일단 중독되면 정신을 잃고 삼일 밤낮을 열에 시달리다가 결국 온몸의 피가 마르며 죽게 되는 무서운 독이지요. 당하는 순간 정신을 잃고 있다가 죽기 때문에 일단 중독되면 그 순간 죽은 것으로 봐야 할 만큼 치명적인 독이기도 합니다."

"그, 그렇다면 살릴 방법은 없는 것인가?"

"다행스럽게 저에게 해독할 수 있는 약재가 있습니다만 워낙 비싸서……."

아울라가 마법사라고 태연이 나선 이면에는 그가 바로 이 독을 쓴 장본인이라는 비밀이 숨어 있었다. 퀸 타란튤라의 독은 유일하게 문 쉐도우에서만 사용해온 극독인 것이다. 하지만 해독제가 있기 때문에 아울라가 이처럼 자신만만한 것인데 한 가지 지독한 것은 본인이 독을 써놓고 그 해독제를 비싼 가격에 팔아먹으려는 심보였다. 물론 이런 생각은 마로의 머리에서 나온 것이지만…….

"지금 그 가격이 문제인가! 어서 해독제를 쓰게."

"해독제 값은 내가 내지."

베니무슈 공작까지 이렇게 말을 하자 아울라는 품속에서 작은 약병을 꺼내 들고는 다시 입을 열었다.

"하지만 퀸 타란튤라의 독은 워낙 희귀하고 독성이 강해 해독약을 먹여도 완전히 낫지는 않습니다. 이후 지속적인 치료를 해도 자칫 반신불수가 되기 쉽지요. 그걸 제 책임으로 돌리지 않겠다고 약속하시면 약을 쓰겠습니다."

"그나마 해독제를 먹어야 살 것 아닌가."

"그건 그렇습니다."

"그렇다면 일단 목숨부터 살리게. 으드득……."

아들이 살아도 병신이 될 가능성이 높다는 말을 들었으니 오나시스 후작의 기분이 좋을리 없었다. 그는 베니무슈 백작을 노려보며 이를 갈면서 이렇게 대꾸했다.

주르륵…….

"됐습니다. 이제 어서 댁으로 모시고 가서서 안정을 취할 수 있도록 하십시오. 빨리 안정시킬수록 유리합니다."

"알았다, 베니무슈 공작. 아들이 깨어날 때까지 기다리겠다. 저놈이 깨어나서도 병신이 된다면 당신은 어떤 식으로든 그 대가를 치러야 할 것이다. 모두 가자!"

"네! 각하!"

후작의 명이 떨어지기 무섭게 그의 수하들은 조심스럽게 드벨리안을 들어 올리더니 빠르게 철수하기 시작했다. 베니무슈 공작은 여러 가지로 찝찝했지만 지금은 일단 그들을 보낼 수밖에 없었다.

"도대체 누가 이따위 치졸한 음모를 꾸몄다는 말인가. 어느 놈인지 걸리면 절대 그냥 두지 않겠다. 우리도 일단 돌아간다. 참, 그리고 샤이면 남작."

"네! 각하!"

"아까 치료사를 바로 불러준 건 고맙다. 내 조만간 정식으로 인사하지. 그리고 참 해독제 가격이 얼마인가?"

"별거 아니니 신경 쓰지 마십시오. 그건 제가 알아서 처리하겠습니다."

"절대 그럴 수는 없네, 중요할 때 큰 신세를 진 셈인데 약값 부담까지 떠안길 수는 없지."

"일만 골드 입니다, 각하. 마지막 해독제인지라 비쌉니다."

마로가 또다시 뭐라고 하려는 순간, 이번에는 아울라가 얼른 나서더니 이렇게 말했다. 그런데 아무리 좋은 약이라 해도 일만 골드는 사실 너무 심했다. 하지만 공작은 그 가격을 따질 수도 없었다. 자신이 큰 소리를 친 부분도 있었고 또 어쨌든 그 약 덕분에 수백만 골드 이상이 사라질 수도 이는 큰 전쟁을 일단 막았기 때문이다.

"여기… 일만 골드짜리 약속어음이네."

"감사합니다."

그렇게 공작은 약값을 치루고 힘없이 돌아갔다. 오늘일이 너무 어이가 없었던 모양이다. 그리고 그가 사라지자 눈치만 보던 다른 귀족들도 하나 둘씩 자리를 떠나갔다. 그러자 그제야 마로가 환하게 웃으며 한마디 했다.

"하하하! 이거야말로 꿩 먹고 알 먹고로군. 두 가문의 전쟁은 이제 언제든 우리 손안에 있다. 베니무슈가 헤이슈만 성을 치기 위해 파병을 하는 순간, 오나시스 후작이 그를 치기 위해 일어설 것이다."

마로가 어째서 이렇게 자신 만만하게 이야기하는지는 아직 모르겠지만 뭔가 음모가 제대로 먹혀들어간 것은 분명해 보였다.

4

"각하! 출전 준비가 모두 끝났습니다. 명을 내려 주십시오!"

"모두 훈련장에 집결시켜라."

"네!"

영지군 총사령관 시리안 백작이 달려와 이렇게 보고를 하자 베니무슈 공작은 무거운 어조로 이렇게 지시했다.

오나시스 후작과 불미스러운 일이 벌어져 아직도 뭔가 개운치는 않았지만 그렇다고 진작 부터 헤이슈만 성을 치기 위해 준비한 병사들을 그냥 둘 수는 없었다. 어쨌든 그리티안 공녀의 죽음이 확인되었으니 이 전쟁을 피해갈 수는 없는 것이다.

"그들은 감히 나의 사랑하는 딸 그리티안을 죽였다. 그런 고로 우리는 그들을 응징하기 위해 출전하는 것이다. 모두 나의 깃발을 높이 치켜들고 헤이슈만 성을 함락하라!"

"와아아아~!"

그렇게 마침내 정예 병사 오천 명이 공작성의 정문을 나섰다. 그리고 이 광경을 한쪽에 숨어서 살펴보는 눈이 있었다.

'결국 시작되었군. 간악한 딸을 이용해 남의 성을 노리다가 실패하니 그것을 무마하려고 전쟁을 일으킨다 이거지. 하지만 공작 당신은 이것이 얼마나 큰 실수인지 곧 깨닫게 될 것이다.'

바로 마로가 공작군이 출정하는 모습을 지켜보며 이렇게 중얼거리더니 순식간에 그 자리에서 사라져버렸다.

—공작군 오천 출정.

그리고 자신들의 아지트에 도착하자마자 이 소식을 마법 통신을 이용해 최대한 빠르게 헤이슈만 성으로 먼저 알렸다. 그러자 그의 측근들이 모두 긴장한 얼굴로 한자리에 모여 앉았다.

"이제 우리도 성으로 돌아가야 하는 것입니까?"

"아직 마무리 지을 일이 남아 있다. 그 일을 끝내고 간다."

벤슬로의 질문에 마로는 약간 뜸을 들이다가 이렇게 대꾸했다.

"마무리 지을 일이라 하면 혹시 오나시스 후작쪽을?"

"루나 양 생각이 맞아. 오나시스 후작을 충돌질 해야겠지. 물론 그 후에 바로 베니무슈 공작까지 흥분하게끔 만들어야겠지만…… . 그래야 우리 음모가 완벽해지는 거라고."

잔머리가 잘 돌아가는 마로가 이렇게 말을 하자 루나는 왠지 저 이야기 뒤에는 또 다른 뭔가가 숨어 있지 않을까 싶은 생각이 잠깐 들었다. 하지만 일단 그런 내색을 전혀 하지 않은 채 약간은 건조한 어조로 이렇게 물었다.

"공작을 흥분하게 한다는 건 무슨 뜻이죠?"

"그건 루나 양이 열쇠를 쥐고 있지. 그러니까 어떻게 할 거냐 하면… 이렇게 해서… 또 이렇게…… ."

마로의 설명이 이어질수록 모두의 눈은 점점 더 커지고 있었다. 그가 어째서 지금까지 이런 일을 해왔는지 이제야 정확히 알 수 있었다.

"자, 이제 정말 시간이 없소. 모두 서둘러서 마무리를 하고 난 다음 성으로 돌아가야 하오. 물론 성으로 가는 동안에도 처리할 일이 몇 가지 있으니 모두 정신 바짝 차리시오."

"알겠습니다, 총수님. 그나저나 이 늙은이에게도 일감을 주셔서 감사합니다. 클클…… ."

마로의 말에 아울라가 즐겁다는 표정으로 이렇게 대꾸했다. 어떤 일을 맡았는지는 몰라도 그가 움직이는 일이라면 뭔가 은밀한 일이라 할 수 있을 것이다.

"부총수님께서 성공을 해야 나머지 일들이 원활하게 돌아 간다는 것을 명심하셔야 하오."

"걱정 마십시오. 저와 우리 애들이 움직이는 이상 그 정도 일은 그야말로 누워서 스프 먹는 것보다 쉽습니다. 애들아, 가자!"

"네! 부총수님!"

슈르르르…….

아울라는 대답과 동시에 죽음의 사신단을 부르더니 순식 간에 그 자리에서 사라져버렸다. 그런 모습을 보고 다들 질렸 다는 듯 어깨를 으쓱했지만 마로는 오히려 아울라의 그런 행 동력이 마음에 든듯 환한 표정으로 다시 입을 열었다.

"루나 양과 나머지 사람들은 아울라 부총수가 돌아오는 즉 시, 오나시스 후작 측에서 오해를 할 수 있도록 미리 공작을 해 놓아야 한다. 무슨 말인지 알겠지?"

"네. 그건 걱정하지 마세요. 그럼 저희도 지금 움직일게 요. 아무래도 가짜 흔적을 만들려면 준비할게 많을 테니까 요."

"그렇게 하시오."

그렇게 마로와 그의 측근들의 회동은 끝이 났다. 하지만 마 로는 한동안 그곳에서 뭔가를 골똘하게 생각하다가 가장 늦게 저택을 나서더니 급히 어디론가 사라져갔다.

그리고 그 다음날……

베니무슈 공작의 성은 또다시 발칵 뒤집혔다. 모두가 경악할 만한 소문이 퍼졌기 때문이다.

―오나시스 후작의 장남 드벨리안 백작이 병석에서 감쪽같이 사라졌다.

―그가 사라진 자리에는 피가 흥건해 누군가가 그를 해친 다음 흔적을 지우기 위해 데려갔다고 한다.

왕국의 제이인자라 할 수 있는 후작의 장남이 실종한 사건은 그리 작은 사건이 아니었다. 처음 이 소문이 퍼진 시간이 아침이었는데 불과 반나절도 지나지 않아서 더 충격적인 소식이 전해졌다.

―믿을 만한 소식통에 의하면 실종된 드벨리안 백작의 혈흔이 베니무슈 공작의 성안에서 발견되었다 한다.

―이에 광분한 오나시스 후작이 베니무슈 공작에게 공식적으로 선전 포고를 했다!

결국 성이 뒤집힐 정도로 소란스러운 이유가 바로 이것이었다. 만에 하나 오나시스 후작의 세력과 전쟁을 치르게 되면 설혹 이긴다 해도 수많은 희생자가 속출할 게 뻔했다. 그것이 다들 두려운 것이다.

콰앙~!

"그게 무슨 개소리냐! 우리가 드벨리안 백작을 죽이고 증거 인멸을 하기 위해 시체를 끌고 왔다니? 오나시스 그놈이 완전히 미치기라도 한 것이냐?"

"고정하소서, 각하! 이건 아무래도 누군가의 음모 같습니다. 아직까지 아돌프 백작님께서도 실종상태 아닙니까? 이럴 때 흥분하셔서 후작님과 전쟁이라도 하게 되면 이거야말로 음모를 꾸민 자의 손에 놀아나는 꼴이 될 것입니다."

이런 황당무계한 소문을 접한 공작은 분노했다. 자신도 모르게 수하들이 일을 저지르지 않는 이상 이런 일은 벌어질 리가 없었기 때문이다. 그는 지금 헤이슈만 백작성을 치는 중인데 이럴 때 굳이 후작과 싸울 필요가 없는 것이다. 하지만 너무 화가 났다. 특히 앞뒤 가리지 않고 소문만을 근거로 전쟁을 하자고 날뛰는 후작이 더욱 그를 열받게 했다. 만에 하나 지금 이성적인 판단을 할 수 있는 수석 마법사 달케인이 옆에 없었다면 그 역시 전쟁을 하자고 설쳤을지도 모른다.

"으음… 그렇다면 자네는 상대가 먼저 전쟁을 하자고 설치는데도 그냥 참자는 말인가?"

"일단 참으시고 후작에게 각하의 결백을 밝히는 게 우선일 것 같습니다. 후작도 지금 전쟁을 선포해 놓고 후회하고 있을 것입니다. 이럴 때 각하께서 이번 일에 아무런 혐의점도 없다는 것이 밝혀진다면 생각보다 쉽게 전쟁을 철회할 겁니다. 지금은 그것이 최선이라 사료됩니다."

달케인이 워낙 옳은 말을 해서 그런지 아니면 그와 대화를 나누는 사이 이성이 돌아와서 그런지 공작은 어느새 고개를 끄덕이고 있었다. 하긴 망하려고 작정을 하지 않은 이상에야 양쪽으로 전쟁을 벌이려고 하진 않을 것이다. 아무리 헤이슈만 백작성이 약하다 해도 벌써 오천 명이나 되는 병사가 그쪽으로 간 상황 아니던가.

만일 이대로 간다면 오나시스 후작과의 전쟁은 물 건너가게 될 것이 분명했다.

그런데 바로 그때…….

"과연 각하께서 결백을 밝힌다고 오나시스 후작이 순순히 물러설까요? 애초부터 이 일이 그의 음모였다면?"

"누구냐!"

갑자기 허공에서 맑고 고운 목소리가 흘러나왔다. 놀랍게도 블랙루나가 불쑥 등장한 것이다. 그러자 달케인이 얼른 손을 들어 올리며 소리쳤다.

Chapter 09

몰락의 조짐

1

　루나가 공작의 앞에 나서기 바로 얼마 전, 그녀는 은밀하게 마로와의 대화를 요청한 일이 있었다.

　"무슨 일이지?"

　"이제 저의 정체를 좀 더 구체적으로 알려드릴 때가 된 것 같아서요."

　"루나 양의 정체? 이미 말했잖아. 윈드 스토리 사람이라면서. 그것 말고 또 다른 신분이 있었나?"

　"그건 아니지만 베니무슈 공작과 저는 이미 아는 사이에요. 정확히 말하자면 거래 관계라 할 수 있죠."

무슨 생각에서인지 루나는 마로에게 이런 이야기를 꺼냈다.

"거래? 무슨 거래?"

"사실 우리 윈드스토리는 과거의 영웅과 밀접한 관계가 있지요. 세상에는 그다지 알려지지 않았지만 지금으로 부터 약 삼십 년 전, 마의 세력이 활개를 치고 있을 때 홀연히 검 한 자루를 들고 일어선 분이 한 명 계셨습니다. 그분은 무려 십 년 동안이나 마의 세력과 싸우다가 마침내 마왕을 처치하고 세상을 구했지만 당시 큰 부상을 입고 말았습니다."

갑자기 루나가 과거의 영웅 이야기를 꺼내자 마로는 심장이 두근거리기 시작했다. 왠지 몰라도 자신과 무관한 이야기 같지 않았던 것이다.

"그래서?"

"그분은 어쩔 수 없이 마왕의 잔당들을 완전히 처리하지 못한 채 잠적할 수밖에 없었지요. 그러면서 마치 예언처럼 이런 말씀을 남기셨습니다. 앞으로 이십 년이 더 흐른 다음 새로운 영웅이 등장할 것이라고……."

"새로운 영웅이라……."

"바로 그분의 후인이죠. 어쨌든 그분이 그렇게 사라지자 마의 추종세력들은 급히 숨기 시작했습니다. 그 때문에 우리 윈드스토리는 그들을 찾아내기 위해서 더욱 바쁘게 활동하게 되었죠. 세상 사람들은 우리 윈드스토리의 정확한 정체를 모르고 있지만 사실 저희는 그 영웅의 첩보조직이었습니다. 그러다가 이후 마의 세력들을 찾는 과정에서 각종 소문이 퍼지게 되었던 것이지요."

루나가 여기까지 이야기하고 마로를 가만히 바라보았다. 그의 반응이 궁금했던 모양이다. 그런데 마로는 전혀 놀라지 않은 얼굴로 또다시 질문을 했다.

"내가 듣기로는 훨씬 오래된 조직이라던데?"

"물론 윈드스토리가 창설된 지는 더 오래되었지요. 하지만 애초부터 그 영웅을 위해서 만들어진 것입니다. 우리 선대들께서는 마왕의 등장은 물론 그 영웅에 대해서도 예견하고 미리 준비를 하신 것이지요. 어쨌든 그렇게 우리는 마의 세력들이 숨어든 것을 파악하느라 지금까지 노력해 왔고 그 과정에서 베니무슈 공작과도 연관이 된 것이지요. 우리가 지금까지 조사한 바에 따르면 그는 마의 추종 세력이 분명합니다."

이 대목에서 마로는 소스라치게 놀라고 말았다. 그 역시 공작의 정체를 짐작하고 그것을 밝히기 위해 여기까지 온 것 아닌가.

"아무래도 당신이 이야기하는 그 영웅이라는 분은 나의 아버지같군. 나 역시 공작을 찾아 온 이유 중 하나가 아버지의 원수를 찾기 위해서였거든. 그리티안과 싸울 때 짐작을 했던 것이지. 그때 그녀의 힘은 마왕과 끈이 닿지 않고서는 절대 보여줄 수 없는 수준이었거든."

"아아… 그렇다면 당신이 정말 그분의 후예였군요. 저도 당신 곁에 계속 있었던 이유가 그럴것 같다는 생각 때문이었습니다. 그분의 후예치고는 꽤나 냉혹한 면도 있었지만 그건 마왕의 피 때문이라 여겼었죠."

"마왕의 피?"

"네, 마지막 결전때 마왕은 영웅의 몸에 모든 피를 쏟아부으며 저주를 퍼부었다고 합니다. 자신이 영웅의 아들을 통해 다시 현신할 것이라는 그런 저주 말입니다. 물론 그때문에 당시 영웅을 따르던 많은 분들이 여러 가지 준비를 할 수밖에 없었죠."

이야기가 계속되는 동안 마로는 점점 더 자신의 존재를 알아갈 수 있었다. 게다가 어르신을 통해 들은 아버지 모습과는 또 다른 아버지를 알게 되었다. 그렇게 두 사람은 서로 놀라는 가운데 더욱 많은 이야기를 나누었다.

그리고 그 덕에 예전보다 훨씬 진한 친밀감도 느꼈다.

"그런데 그런 사실들을 감추고 있다가 왜 갑자기 하게 된 것이지?"

"이번 임무 때문이에요. 이번 임무를 수행하려면 결국 공작을 만나는 것이 가장 빠르다고 생각했거든요. 그 과정 속에서 제가 원래부터 공작을 알고 있다는 것이 드러날 테고 그렇게 되면 쓸데없는 오해가 생길수도 있다는 판단이 들어 말씀드리게 된 거예요."

"틀림없이 오해가 생겼을 거야. 워낙 베니무슈 공작이 음흉해서 그와 관련된 사람이라면 무조건 의심부터 했을 테니까. 아무튼 고마워. 덕분에 많은 것을 알게 되었고 공작의 처리에 대한 확신도 세울 수 있게 되었어."

"그를… 어떻게 하시려고요?"

마로의 말투에서 뭔가를 느낀 듯 루나가 걱정스럽다는 투로 이렇게 물었다.

"나의 아버지께서는 의로우시고 대단한 능력을 가지셨던 분인 것 같지만 한 가지 아쉬운 점이 있으셨던 것 같아."

"그게 뭔가요?"

"만일 내가 그분과 같은 입장이었다면 나는 아마 마왕의 추종 세력부터 뿌리 뽑았을 거야. 나무를 죽이려면 뿌리부터 말려야 하는 법이거든. 그리티안과 싸울 때 루나도 봐서 알겠지만 마왕의 추종 세력들은 이미 인간이기를 포기한 것 같아. 그런 자들을 그냥 두면 훨씬 많은 피해자들이 발생하겠지. 어쩌면 내가 마왕의 피를 통해 태어난 것도 그런 자들을 완전히 쓸어버리라는 신의 섭리가 포함된 것인지도 몰라."

결국 마로는 공작을 완전히 제거할 생각인 것 같았다. 그 말을 듣는 순간을 떠 올리며 루나는 마침내 공작 앞에 나타나게 된 것이다.

"늦어서 죄송합니다, 각하."

"그렇군. 자네가 헤이슈만 백작의 성으로 떠난 지도 벌써 석 달이 지났군. 그런데 어째서 그리티안의 죽음을 알 리지 않았는가?"

"그렇지 않아도 그일 때문에 이렇게 온 것입니다. 공녀님의 죽음 뒤에는 무서운 음모가 숨어 있었거든요."

"음모? 그게 무슨 소리냐?"

베니무슈 공작은 루나를 추궁하려다가 음모 소리에 일단 멈추었다. 좋지 않은 예감이 든 것이다.

"제가 도착했을 때 이미 헤이슈만 성은 공녀님의 손아귀에 들어간 상태였습니다. 그런데 바로 그때 백작의 아들 루테민에게 무서운 협조자들이 등장했던 것이지요."

"협조자라면?"

"겉으로 보기에는 산적이나 약탈자들로 보여서 저도 그런 줄 알았는데 그 뒤를 캐보다가 놀라운 진실을 알게 되었습니다."

루나의 이야기가 이어질수록 공작은 물론 달케인 마법사까지 숨을 죽였다. 그만큼 궁금했던 것이다.

"답답하니 속 시원하게 말해보아라."

"그 산적 무리들의 실력이 지나칠 정도로 막강해 이상하다고 생각한 저는 두목이라는 자의 거처로 잠입해 들어갔었죠. 그런데 그자가 한밤중에 마법 통신 구슬을 꺼내더니 왕국의 남부 마법 통신소 부소장과 교신을 하는 게 아니겠습니까?"

벌떡!

"그게 사실이냐!"

어찌나 놀랐는지 공작이 자리에서 벌떡 일어나고 말았다. 산적이 왕국 통신소와 교신을 한다는 것도 황당하지만 그중 부소장과 직접 교신한다는 내용이 공작을 일어서게 한 것이다.

왕국 남부 마법 통신소 부소장이라면 바로 오나시스 후작의 측근이기 때문에 더욱 그랬다.

"그렇습니다. 애초부터 산적은 없었습니다. 그들은 기가 막히게도 후작의 특공대였던 것입니다. 그런 자들이 합세하는 바람에 결국 공녀님께서는 돌아가셨고 그것을 막을 수가 없었던 저는 곧바로 후작의 성으로 침투했습니다. 그가 뭔가 더 엄청난 음모를 꾸밀 것이라고 판단했습니다."

"으음……. 그건 잘했군. 역시 루나 양다운 움직임이야. 그래 거기서 뭔가 소득이 있었나?"

공작이 다시 자리에 앉으며 이렇게 이야기했다. 이제 그녀가 늦게 나타난 것에 대해 전혀 의심하지 않는 태도였다. 하긴 그녀가 하는 말이 워낙 엄청난 데다가 그 역시 그리티안의 죽음 뒤에 뭔가 있을 거라는 생각을 했었기에 더욱 루나의 말에 믿음이 갔던 것이다.

"제가 처음 등장할 때 했던 말 기억 안 나십니까?"

"저분은 후작의 음모에 관해 이야기했습니다, 각하."

루나의 말에 달케인이 이렇게 공작을 상기시켰다.

"맞습니다. 지금 벌어지고 있는 일의 배후에는 바로 후작이 존재합니다. 그는 실로 무서운 인물이더군요."

"무엇을 근거로 그렇게 이야기하느냐? 이 일은 증거가 있어야 한다. 단지 추측만으로 처리하기에는 사안이 너무 커."

공작이 신중한 얼굴로 이렇게 말하자 루나는 기묘한 미소를 지으며 곧 품속에서 무엇인가를 꺼내 들었다. 그것은 바로 얼마 전에 자살한 하울론 백작과 후작의 측근이 대화할 때 등장했던 마법 음성 녹화 구슬이었다.

2

어둠이 깔린 실내의 중앙에는 작은 촛불이 타오르고 있었다. 그 불빛에 의지해 주변을 살펴 보면 한쪽에 침대 하나가 놓여 있었고 그 침대 주변으로 익숙한 얼굴 몇 명이 보였다. 그들은 바로 마로와 그의 측근들이었다.

"공작이 걸려들었어요. 이제 어떻게 할까요?"

"어떻게 하기는. 성으로 돌아가서 그곳을 공격하고 이는 공작군을 철저히 괴멸시키고 다시 올라와야지."

루나의 말에 마로가 선뜻 이렇게 대답했다. 이미 정해진 수순인지 조금도 망설이는 투가 아니었다.

"다시 올라온다고요?"

"우환거리는 철저하게 없애는 것이 유리하지 않겠어? 우리 각본대로 공작과 후작이 전쟁을 벌이게 되면 거의 막상 막하일거야. 그럴 때 은밀히 후작과 접촉을 해서 공작을 완전히 몰락시키는 거지."

마로는 이렇게 말을 하며 침대 위를 바라보았다. 거기에는 건장한 체구의 사내가 누워 있었는데 그는 놀랍게도 오나시스 후작의 장남 드벨리안 백작이었다. 결국 그의 실종 역시 마로 등의 소행이었던 것이다.

"벤슬로."

"네! 총수님!"

"너와 커든은 우리가 다시 올 때까지 이곳에서 저자를 잘 간호하고 있어라. 행여 저자에게 무슨 일이라도 생기면 계획에 차질이 생기니 바짝 신경 써야 한다."

"알겠습니다!"

마로의 지시에 벤슬로와 미친 오우거 커든이 잽싸게 대답했다. 이곳에 있는 동안 일을 하면서도 그 두 사람은 마로에게 틈틈이 검술을 배웠기 때문에 이제 예전의 그들이 아니었다. 실력만 놓고 따지면 어딜 가도 기사 단장급 이상의 대우를 받을 정도로 강해진 것이다.

"자, 그리고 나머지는 이제 어서 출발합시다. 지금부터가 진짜 서둘러야 할 시점이오."

"네."

그렇게 마로 일행도 마침내 다시 헤이슈만 성으로 돌아가기로 결정했다. 그런데 마로의 태도로 보아 돌아가는 길이 마냥 순탄치는 않은 모양이었다. 아직 뭔가 해야 할 일이 있는 사람처럼 보였기 때문이다.

그리고 그 원인은 공작의 성을 벗어나자마자 알 수 있었다.

"잠깐 들렀다가 가야 할 곳이 있소."

"들릴 곳이오? 거기가 어딥니까, 총수님?"

본인 입으로 서두르자 해놓고 어딘가를 들려야 한다고 하니 아울라는 고개를 갸우뚱하면서 물어보았다.

"우리는 그저 단순히 돌아가는 것이 아니요. 가는 동안 철저하게 공작의 눈과 귀를 차단시켜야 하오. 무슨 말인지 알겠소?"

"즉, 그 말씀은 공작의 통신소를 모두 마비시키겠다는 뜻입니까?"

"바로 그렇소. 내가 조사해 본 바에 의하면 여기서 헤이슈만 성까지 가는 길목에 설치되어 있는 마법 통신소는 모두 일곱 곳이오. 그곳들을 모두 조용히 침묵시켜야 하오."

과연 마로는 철두철미했다. 그는 공작의 정보망을 철저하게 차단시키기로 마음먹은 모양이었다. 특히, 헤이슈만 성에서 벌어질 일들은 그 누구도 알아서는 안 되었다.

벤슬로와 커튼이 빠진 일행이다. 즉, 지금 함께 움직이고 있는 사람들은 모두 은신에 능하고 은밀하게 일처리하는 데는 타의 추종을 불허하는 존재들인 것이다. 그랬기에 이들이 몰려들어 가는 순간, 통신소들은 하나둘씩 그야말로 순식간에 바보가 되어갔다.

"아함~ 오늘도 특별한 소식이 없는가?"

"네, 소장님. 오늘도 여전히 헤이슈만 백작군이 성안에서 꼼짝을 하지 않고 수성만 하고 있어 우리 군대가 꽤나 애를 먹는 다는 이야기가 전부입니다."

이곳 통신소에는 모두 열두 명이 근무를 하고 있었지만 그들이 부리는 정보원의 수는 근 오십여 명이나 된다. 그들이 쉬지 않고 돌아다니며 정보를 수집해 보내면 그것을 통신소에서 분류해 필요한 사항만 위로 보고 하곤 했던 것이다.

하지만 전쟁이 시작된 상황인데도 이처럼 특별한 소식은

아직 전해지지 않고 있어 소장과 예하 직원들은 긴장이 어느 정도 풀려 있었다.

"그렇게 심심한가? 어때? 우리가 재미있게 해줄까?"

"넌 누, 누구냐!"

그런데 바로 그때 모두의 심장이 덜컥 내려앉을 만큼 무서운 일이 벌어졌다. 허공에서 올백머리를 한 영감의 얼굴이 둥둥 뜬 채로 나타났으니 얼마나 놀랐겠는가.

"어허… 이 버르장머리 없는 놈! 감히 어르신을 보고도 말을 함부로 하다니. 이리 오너라."

쑤욱~

"크헉! 놔라! 놓으란 말이… 읍!"

"크흐흐흐……."

이곳의 소장은 4서클 유저 실력을 가진 마법사이다. 귀신 놀음이나 하는 인간에게 당할 수준은 절대 아닌 것이다. 최소한 이곳에서 근무하던 대원들은 모두 그렇게 생각해왔다. 그런데 그런 소장이 맥없이 어둠 속으로 끌려 들어가더니 금방 잠잠해 지는 게 아닌가. 거기에 계속되는 영감 귀신의 음산한 웃음소리는 모든 이들에게 무한한 공포를 불러일으키고 있었다.

"으으… 귀, 귀신이다. 귀신이 틀림없어!"

"맞다. 그러니 죽기 싫으면 어서 이곳의 통신 암호를 말해라."

마법 통신 구슬을 사용하려면 접근 암호가 필요한 모양이다.

"말, 말할 테니 살려만 주십시오."

모두 마법을 배우면서 조수노릇을 했던 사람들이다. 그러다 보니 머리는 좋아도 심약한 편이었다. 그동안 자신들이 신처럼 여겨 왔던 소장이 몇초 버티지도 못한 채 비명횡사 했는데(그들은 짧은 비명 소리를 듣고 죽었다고 여기고 있었다.) 어찌 그들이 버티겠는가.

"암호가 맞습니다."

"좋아. 그럼 이제부터 너희들이 이곳의 대원노릇을 해야한다. 만일 공작의 본성에서 통신이 들어오면 적당히 둘러대라. 알겠나?"

"네! 단주님!"

막상 상황이 종료되자 나타난 사람은 영감귀신이 전부가 아니었다. 오히려 젊고 잘생긴 총각과 함께 눈부시게 아름다운 여인이 나타나더니 곧이어 꽤 많은 사람들이 속속 등장하는 것이다. 마로와 루나, 그리고 아울라와 죽음의 사신단은 물론 이번 일을 위해 특별히 불러들인 다크스타의 요원이자 카오스 상단의 직원들까지 나타났는데 그 가운데 카오스 상단 사람이 방금 마로에게 보고를 했던 터였다.

"자, 나머지는 다시 가자. 이제 뒤는 걱정할 필요가 없으니 가서 마음껏 싸워보지."

"네!"

마로는 이렇게 명령을 내리더니 슬며시 올 때와 다르게 통신소의 문을 활짝 열고 밖으로 나섰다. 그러자 문밖에는 방금 전까지만 이곳에서 근무를 했던 자들이 모두 얼이 빠진 채 여기 저기에 쓰러져 있었다. 아무래도 심한 충격 때문에 정신적으로도 문제가 생긴 모양이었다.

"저들을 저대로 두고 가도 괜찮을까요?"

"아무 걱정하지 마라. 내 이미 저놈들 머리에 약간의 금제를 가해 놓았느니라. 그렇기에 일단 정신을 차린다 해도 우리를 만난 것을 기억하지 못할 뿐더러 자신들이 통신소에서 근무했었다는 사실 자체를 망각해 버릴 것이다. 한마디로 겉으로는 멀쩡해도 바보가 된다는 뜻이지."

루나의 질문에 아울라가 나서서 이렇게 대답했다. 그는 과연 어쌔신계의 살아 있는 전설로 불릴 만한 능력을 가지고 있었다. 그냥 죽이면 더 간단하겠지만 그럴 경우 주의를 끌 수도 있기 때문에 이런 방법을 사용한 모양이다. 마로와 그의 일행들은 베니무슈 공작의 성을 출발해서 헤이슈만 성의 인근인 이곳까지 오는 동안 총 일곱 군데나 되는 마법 통신소를 이런 식으로 모두 장악해 버렸다. 이제 공작은 헤이슈만 성에서 벌어지는 일은 당분간 전혀 알 수가 없었다.

3

공작군이 출발하고 난 후 약 오 일 정도 후에 마로 등이 출발한 것이지만 워낙 장거리인 데다가 공작군의 숫자가 무려 오천 명이나 되는 관계로 양측이 헤이슈만 성에 도착한 시간은 겨우 이틀 밖에 차이가 나지 않았다. 그것도 마로 일행이 오는 내내 일곱 곳이나 되는 통신소를 접수하느라 그만큼이라도 차이가 난 것이지 곧장 왔으면 거의 동시에 도착했을 것이다.

하지만 어쨌든 그 이틀이 늦은 관계로 그들은 곧바로 성안으로 들어갈 수가 없었다. 이미 성 주변을 공작군이 전부 포위하고 있는 데다가 성 자체가 철저하게 외부와 단절시키고 있었기 때문이다.

[휘유~ 정말 많긴 많군. 이런 평화로운 지방 영지에 오천 명이나 되는 병사를 보내다니……. 과연 베니무슈 공작은 지독한 인간입니다.]

[일단 적을 처리할 때는 확실하게 하자는 취지를 나쁘다고만 할 수는 없소. 만일 내가 같은 입장이었어도 더 하면 더 했지 덜하진 않았을 게요.]

성 주변을 면밀히 살피던 마로 일행은 그나마 동문 쪽의 포위망이 약간 느슨함을 발견하고는 그 인근에 숨어들었다. 하지만 이곳도 워낙 많은 공작군들이 깔려 있어서 아울라가 괜히 투정을 부렸다. 하지만 마로가 이렇게 대꾸하자 입을 다물고는 괜히 사신단을 갈구기 시작했다.

[네놈들은 왜 가만히 있는 게냐! 어서 빨리 총수님께서 들어갈 수 있는 길을 찾아보란 말이다. 어서 서둘러라!]

[네!]

인근에 공작군이 깔려 있는 바람에 무척이나 낮고 작은 목소리였지만 죽음의 사신단들은 화들짝 놀라서 반사적으로 벌떡 일어섰다. 평소 이들이 얼마나 아울라를 두려워하는지 보여주는 장면이었다.

[아니, 지금은 그럴 필요없소. 그래도 모처럼 성에 가는 것인데 빈손으로 가는 것은 좀 그렇잖소? 어떻소? 부총수님.]

[뭐가 말입니까?]

[나는 오늘 밤이 되기 전 우리 부총수님의 블랙 포그를 실컷 구경하고 싶소만. 당연히 그럴 때 간간히 적장을 한 명씩 때려잡는다면 나름 재미있을 것 같은데……. 부총수님 생각은 어떻소?]

아울라는 멍청한 얼굴로 되묻다가 마로가 구체적으로 이야기해 주자 그제야 말뜻을 알아듣고는 표정이 환해졌다. 마로의 말투 속에서 그가 얼마나 자신을 믿고 있는지를 느낀 모양이다.

[저야 총수님의 명령이라면 기름을 지고 불속이라도 뛰어들 각오가 되어 있습니다. 그리고 오늘처럼 기온이 차가우면서 습도가 높은 날에는 블랙 포그의 영향력이 더욱 극대화될 수 있습니다. 아마 공작군들은 블랙 포그의 범위 안에 들어가는 순간 죄다 바지에 오줌을 지리게 될 거라고 장담할 수 있습니다. 흘흘……]

[그거 재미있겠군. 그럼 어서 움직여 봅시다. 지금부터 적군 가운데 오백인 대장들만을 모조리 생포해 오는 거요.]

공작의 영지군 안에서 오백인 대장에 오르려면 최소한 소드 익스퍼트 중급 이상의 실력을 갖춰야 가능하다. 그 정도 실력이라면 이런 지방 영지에서는 훈련대장도 할 수 있을 만큼 막강한 것인데 그런 그들을 겨우 동네 꼬맹이 납치하듯 이야기하고 있으니 실로 기가 막힐 노릇이었다. 이들의 대화를 다른 사람들이 들었다면 미친놈들이라고 상종도 하지 않았을 것이 분명했다.

하지만 그 미친놈들은 실로 무서웠다.

휘이이이잉~ 샤아아아……

"응? 이, 이게 대체 뭐지? 갑자기 어디서 바람이 부는 걸까?"

"그, 그러게……. 가만, 저쪽을 봐. 갑자기 어둠이 몰려든다!"

공작군들 사이에 작은 소요가 일어나기 시작했다. 현재 시간 오후 네 시. 한낮은 아니었지만 그렇다고 절대 어둠이 깔릴 시간도 아니다. 게다가 비록 습도가 높긴 해도 구름이 잔뜩 낀 날씨는 아니어서 벌써 어두워진다는 것은 말이 안 되었다. 그러나 한 병사의 외침처럼 어둠이 마치 살아 있는 듯 서서히 다가오고 있었다.

"왜들 소란이냐!"

"대장님. 저기를 보십시오! 어둠과 함께 짙은 안개가 다가옵니다. 으으……."

병사들이 이렇게 소란스럽게 굴자 각 지휘관들이 하나 둘씩 막사 밖으로 나왔다. 하지만 그들이라고 해서 다가오는 어둠을 막을 방법이 있을 리는 없었다.

"이런 젠장. 지금 시간이 몇 신데 벌써 어둠이 깔린다는 말인가. 게다가 저렇게 음산한 안개라니……. 모두 동요하지 말고 자리를 지켜라. 겨우 안개일 뿐이다!"

지휘관들도 뭔가 찝찝했지만 그렇다고 일반 병사들처럼 호들갑을 떨수도 없는 지라 이렇게 소리치며 진영을 유지하려 애를 썼다. 그렇지만 어둠은 생각보다 빨리 그들을 덮쳤으며 그와 동시에 달려든 안개는 금방 공작군을 모두 삼켜

버렸다.

"안 보여! 세상에 이렇게 지독한 안개는 처음 보네."

"그러게 말이야. 나는 왠지 기분이 좋지 않아. 꼭 귀신이 튀어 나올 것 같은 분위기야."

현존하는 전설의 어쌔신 아울라가 만들어낸 블랙 포그는 다시 봐도 역시 놀랍다는 생각을 하며 마로는 그 안에서 귀신처럼 움직이고 있었다. 아니, 그만 그렇게 움직이는 것이 아니라 아울라와 죽음의 사신단 그리고 블랙루나 역시 어둠과 하나인 듯 보이지는 않았지만 점차 공작군의 진영 안으로 깊숙이 침투하기 시작했다.

"누가 자꾸 헛소리를 지껄이느냐! 세상에 귀신은 없다. 이건 자연 현상일 뿐이다."

"과연 그럴까?"

오백인 대장 한 명이 자꾸 겁을 집어먹는 수하들에게 용기를 주기 위해 큰 소리로 떠들다가 실로 기이한 인간을 목격하게 된다. 목만 살아서 허공을 떠도는 무서운 인간을 만난 것이다. 그가 아무리 대단한 검술 실력을 가졌다 해도 이런 광경을 보고도 놀라지 않을 수는 없었다.

"허억! 귀, 귀신! 아니 그럴 리가 없다. 에잇!"

슈욱~!

"이런 싸가지없는 놈을 보았나. 어르신을 보자마자 칼을 휘두르다니……. 내 그 버릇을 제대로 고쳐 주마."

목만 떠다니는 이 괴상한 인간은 바로 아울라였다. 원래 놀라운 몸놀림은 자랑하는 그였지만 특히 블랙 포그 안에서는 물을 만난 고기처럼 그야말로 거칠 것이 없었다. 이 안에서는 설혹 소드 마스터라 해도 그의 상대가 될 수 없을 텐데 겨우 오백인 대장이야 말해 무엇하리.

뿌드득!

"으악~! 내 팔……! 내 팔이 부러졌어!"

"쉬잇! 조용히 안 해. 다 큰 놈이 무슨 엄살이 그렇게 심하냐. 그렇게 시끄럽게 굴면 혀부터 뽑을지도 모른다."

우득!

"헙! 우읍! 크아아악!"

그 오백인 대장은 자신의 팔이 부러진 가운데서도 아울라의 무서운 협박을 듣게 되자 곧 굳게 입을 다물었다. 하지만 곧이어 다른 한쪽 팔을 귀신이 뽑아내듯 뼈를 어긋나게 만들자 그 고통이 얼마나 심했는지 결국 있는 대로 비명을 지르고 말았다.

한 가지 재미있는 것은 이런 비명성은 비단 여기만이 아니었다. 공작군 진영의 여기저기에서도 비슷한 비명성이 울려 퍼졌던 것이다.

애초부터 아울라등은 공작군 전체를 공포 속에 빠뜨리기

위해서 일부러 더 오백인 대장들로 하여금 비명을 지르게끔 하자고 약속이라도 했던 모양이다.

"이글스 마법사님. 대체 성 밖에서 무슨 일이 벌어지고 있는 것일까요? 제가 벌써 오십 평생을 살아 왔지만 저렇게 짙고 어두운 안개는 처음입니다. 게다가 우리 성쪽은 멀쩡한데 저곳만 안개가 깔려 있지 않습니까?"

"레이몬드 사령관님. 저건 자연적인 안개가 아닙니다. 저도 오늘 처음 보았습니다만 아무래도 전설 속에서만 떠돌던 블랙 포그가 아닐까 싶습니다."

"블랙 포그요? 그게 대체 뭡니까?"

공작군 진영이 발칵 뒤집히고 있던 무렵. 헤이슈만 성의 망루에서는 성의 고위급 간부들이 모여서 그 광경을 보며 심각한 얼굴로 대화를 나누고 있었다. 그중 현재 영지군 총사령관을 맡고 있는 레이몬드가 이글스에게 질문을 던졌다. 마법사들은 원래 박식한 편인데 특히 이글스 마법사는 타의 추종을 불허 할 만큼 견문이 넓은 사람답게 안개의 정체를 어느 정도 알고 설명해 주었다.

"전설적인 어쌔신이 만들어 내는 인고의 안개라니……. 정말 놀라운 이야기로군요. 그런데 그런 무서운 어쌔신이 어째서 공작군을 공격하는 것일까요?"

"그가 온 게요. 그가 온 게 틀림없소."

"그라고 하시면?"

"나의 동생 마로가 돌아왔단 말이오."

그때, 갑자기 뚫어지게 안개만 바라보던 루테민이 확신에 찬 어조로 이렇게 입을 열었다.

4

베니무슈 공작의 군대가 무려 오천 명이나 몰려오자 성안의 분위기는 그야말로 초상집 저리가라 할 만큼 침울해졌다. 특히 성민들은 피난을 가야 하는지 아니면 버텨야 하는지 갈피를 잡지 못할 정도로 크게 동요했다.

만에 하나 루테민이 성주에 올라 그동안 성민들에게 선정을 베풀지 않았다면 이미 다들 보따리 싸들고 성문 밖으로 나갔을지도 모른다.

하지만 루테민은 오히려 헤이슈만 백작보다 더욱 너그러운 정치를 펼쳤기에 성민과 영지민들 모두에게 큰 지지를 받고 있었고 그때문에 이런 절망적인 상황 속에서도 그를 믿었다. 거기에다가 초보 성주 치고 루테민은 이런 위기 상황 대처 능력이 뛰어났다. 그는 조금도 흔들리지 않는 모습으로 지휘관들을 독려 했으며 공격 보다는 튼튼한 수비 위주로 탄탄

하게 성을 지켜갔다.

그런 가운데 모두를 더욱 안심시키는 소문이 성내에 퍼지기 시작했다.

"마로님이 돌아오셨대. 왜 다들 알잖아. 마녀 그리티안의 손아귀에서 우리 성주님과 성을 구하신 그분 말이야."

"아… 그 영웅께서 정말 돌아오셨어?"

처음에는 쉬쉬 거리며 그에 대한 이야기가 떠돌았지만 어느 시점에서 부터 루테민이 마로가 한 일을 모두 인정하였다. 그로 인해 그는 최소한 헤이슈만 영지 안에서는 이처럼 영웅으로 추앙받기 시작한 것이다.

원래 전쟁에서 사기는 정말 중요한 승리의 요소이다. 그동안 조마조마한 심정으로 오로지 수성만 하던 영지군들과 성민들에게 마로가 돌아 왔다는 소식은 그야말로 사기를 고조시키는 활력소라 할 수 있었다. 그런 데다가 그는 그저 맨손으로 달랑 돌아온 것이 전부가 아니었다.

―우리들의 영웅 마로님께서 귀환 기념으로 공작군의 오백인 대장 열명을 생포해 오셨다.

이 믿기 힘든 소문이 돌자 사람들은 처음에는 설마설마 했다. 하지만 슬쩍 성 밖을 바라보니 그렇게 기세등등하던 공작군들이 모두 움츠려 있는 것을 보게 되자 그제야 그 소문이 사실임을 실감했다. 그리고 그것은 이제 승리할 지도 모른다는 말도 안 되는 희망으로 불타오르게 된 계기가 되었다.

*　　*　　*

"넌 참 대단해. 무려 오천 명이나 되는 군대 속으로 들어가 어떻게 오백인 대장들만 잡아 올 수가 있었지?"

"저보다는 제가 거둔 수하 가운데 정말 대단한 사람이 있어서 가능했던 일이죠. 아울라 부총수. 인사하시오. 이분이 성주님이오."

마로와의 감격스러운 재회의 시간이 끝나고 나자 루테민은 가장 먼저 납치 사건에 관해 물어보았다. 워낙 상식적으로 말이 안 되는 일이었기 때문이다. 하지만 마로는 그 공을 아울라에게 돌렸다. 물론 아울라의 역할이 크긴 했지만 그의 이런 태도는 아울라로 하여금 감격스러운 감정을 느끼게 하기에 충분했다. 그는 워낙 귀족들에 대해 좋지 않은 감정을 가졌던 사람인지라 더 그랬다. 어쨌든 허공에 은신해 있던 그는 마로가 자신을 소개 하자 귀신처럼 등장했다.

스르르……

"반갑소, 아울라요."

"아니, 이것 보시오. 아무리 대단한 공을 세운 손님이라 해도 우리 성주님에 대한 예의가 그게 뭐요?"

하지만 아울라는 아무나 보고 허리를 굽히는 사람이 아니다. 그게 비록 마로의 의형이라 해도 그를 감화시키기 전에는 어림도 없었다. 그러다 보니 말투가 건방지게 느껴질 수밖에 없었고 그것이 레이몬드 경의 귀를 거슬리게 했다.

"너의 성주이지. 내 성주는 아니지 않은가."

"뭐, 뭣이? 이 영감이 감히 어따 대고……."

스스슥……. 척!

"허억~!"

레이몬드 경이 아무리 신중한 사람이라 해도 자신의 성주는 물론 자신에게까지 말을 함부로 하는 노인네를 그냥 두고 볼 수는 없었다. 그처럼 대단한 검술을 지닌 사람은 다른 사람보다 자부심이 훨씬 높기에 이런 경우 더 참기 힘든 것이다. 하지만 그는 곧 헛바람 소리를 낼 수밖에 없었다. 그가 빤히 보고 있는 가운데 아울라가 마치 공간을 잘라낸 것 같은 착각이 들만큼 순식간에 그의 코앞으로 다가오더니 검을 그의 목젖에 댔기 때문이다.

"아직 너 같은 애송이에게 무시당할 만큼 늙지는 않았다. 말조심하라."

"이제 그만 참으시오. 어쨌든 여긴 나의 집이오. 우리 부총수가 워낙 오랫동안 칩거 생활을 하다 나오셔서 성격이 조금 급하십니다. 그러니 레이몬드 경께서도 참으시지요."

만에 하나 마로가 말리지 않았다면 레이몬드의 목숨은 어떻게 될지 모를 만큼 아울라의 기세는 섬뜩했다. 그래서인지 성격 강한 레이몬드 조차 더 이상 뭐라 할 수가 없었다. 아니, 오히려 속으로 말려준 마로가 고마울 지경이었다.

"하하하! 역시 대단하오. 하긴 그런 놀라운 솜씨를 가졌으니 공작군의 오백인 대장들을 잡아 올 수 있었겠지요. 이제 노여움을 푸시고 어서 편히 자리 하십시오, 앞으로 어떻게 대처를 해야 할지 나눌 이야기가 많소이다."

"괜히 물의를 빚어 죄송하오. 그럼……."

그렇게 아울라가 앉고 나자 루테민이 다시 입을 열었다.

"다들 아시겠지만 지금까지의 상황은 최악이었소. 우리 성 안의 병사가 삼천이라 하지만 그 가운데 이천 명은 겨우 두세 달 전쯤에 편입한 병사들이라 공작군과는 아예 비교할 수가 없는 전력이었소."

"형님. 잠시만요. 아직 소개해드릴 사람이 한 명 더 있습니다. 루나 양도 인사해야지?"

그러나 그의 이야기가 본격적으로 진행되기 전에 또다시 마로가 나섰다. 아직 루나가 나오지 않은 것이다.

"호호… 안녕하세요. 루테민 성주님. 루나라고 해요. 남들은 절 블랙루나라고 부르지요."

"그녀 역시 오늘 일에 큰 공을 세운 사람입니다. 대단한 능력을 가지고 있지요."

"아… 그, 그러시군. 이거 반갑소. 블랙… 루나 양."

루나는 애초부터 루테민을 알고 있었기에 별다른 느낌없이 인사했다. 그러나 루테민은 그녀의 얼굴에서 눈을 떼지 못한 채 겨우 인사를 했다. 그는 지금까지 살면서 자신의 여동생 미유리만큼 예쁜 여자는 없을 것이라고 생각해 오다가 막상 막하의 미녀를 보게 되자 놀란 모양이다.

"형님. 방금 전력에 관한 이야기를 하시던 중이었습니다.

"아참… 어쨌든 워낙 전력 차이가 커서 수성 외엔 할 게 없었는데 오늘에서야 그 구도가 깨질 것 같소. 일단 지휘자들이 모조리 사라졌으니 오합지졸이 된 것 아니겠소?"

마로가 상기를 시킨 후에서야 루테민은 다시 이렇게 이야기를 이어갔다.

"그건 공작군의 지휘 체계를 잘 몰라서 하시는 말씀입니다. 저들은 오백인 대장이 사라져도 큰 타격을 입을 리 없습니다. 바로 아래 부대장으로 있는 백인대장들이 곧바로 오백인 대장 역할을 할 수 있게끔 평소에 훈련을 받기 때문이지요."

"그게 정말이오?"

"네……. 원래부터 베니무슈 공작은 치밀한 성격인지라 군

부대도 그의 성격이 잘 반영되어 있어요. 만일 백인대장이 쓰러지면 십인 대장이 그 뒤를 이을 수 있을 정도니 실로 놀랍죠. 거의 전부대원들의 지휘관화라고 할 만큼 그의 군대는 독특한 구조랍니다."

"허어… 이거참……. 그렇다면 대체 어떻게 저 대군을 물리쳐야 한다는 말인가. 이제 곧 성안의 식량도 바닥이 날판인데……."

루나의 말에 루테민은 앞이 캄캄해졌다. 사실 수성만 하고 있으면 더 많은 군대라 해도 막을 자신이 생겼지만 지금 그의 가장 큰 고민은 바로 식량 문제였다. 돌파구를 만들지 못한 채 이렇게 성안에만 고립되어 있으면 조만간 모두 굶어죽을 상황인 것이다.

"걱정하지 마십시오, 형님. 애초부터 저 정도 병력은 물리칠 자신이 있었습니다. 그 때문에 산적들까지 흡수를 했던 것 아닙니까? 그러니 제게 맡겨 주십시오. 내일 날이 밝는 대로 제가 선봉에 나서겠습니다."

"아아… 그렇지. 우리 성의 영웅 아우가 있었지. 나는 언제나 널 믿었다. 앞으로도 그럴 것이고. 그런 네가 선봉이라는 게 무슨 소리냐. 나는 네가 우리 성의 총사령관이 되어서 영지군을 직접 이끌어주길 바란다. 레이몬드 경도 찬성한 일이니 다른 소리 하지 말고……."

"지금 상황이 상황인만큼 사양하지 않겠습니다. 대신 오늘은 이대로 좀 쉬고 싶습니다. 누이도 보고 싶고……."

"그래라. 그렇지 안하도 미유리가 널 무척 보고 싶어 했단다."

공작군을 물리치려면 아무래도 병력을 마음대로 부릴 수 있어야 하기 때문에 마로는 결국 총지휘권을 받기로 했다. 하지만 내일 본격적인 전투에 돌입하기 전에 그는 미유리를 먼저 볼 생각이었다. 내내 감추고 있었지만 여전히 그는 그녀가 가장 소중했던 것이다.

Chapter 10
공작의 최후 그리고······

1

　헤이슈만 성을 치러 온 공작군의 몰락은 훨씬 전부터 예정
되어 있었을 지도 모른다. 왜냐 하면 그들은 아무 준비 없이
오로지 숫자만 믿고 공격을 시작한 반면 마로 등은 몇 달 전
부터 철저하게 준비해 온 것은 물론 은밀한 세력이 세 곳이나
합류한 상태로 시작되었기 때문이다.

　"오늘 밤, 신호가 올라오면 총공격을 감행한다. 몰라우 대
장."

　"네! 사령관님."

　"몰라우 경과 특공 부대원들은 서문 쪽의 신호가 올라오면

지체 말고 뛰쳐나가 트라이앵글 진을 이용해 그쪽에 주둔해 있는 적들을 섬멸하라!"

"걱정 마십시오. 오늘을 위해 훈련에 훈련을 거듭해 왔습니다."

마로가 창안해 낸 트라이앵글 진영이 세상에 나타나는 순간이다. 그들은 전설의 마니커스의 샘물을 마셔가며 훈련해 왔기에 이미 정예군 수준을 훨씬 넘어서고 있었다. 그런 그들이 서문 앞에 대기 하고 있다가 불길이 치솟는 것이 보이자마자 미친 듯이 뛰쳐나갔다.

그 불길은 진작부터 명령을 받고 달려온 문 쉐도우의 어쌔신들이 공작군의 지휘관급 기사들을 철저하게 쓰러뜨렸다는 신호였던 것이다.

"자기 욕심에 눈이 먼 공작의 군대를 응징하라!"

"와아아아~! 무찌르자!"

두두두두…….

여전히 병력의 숫자는 공작군이 우세했지만 그들은 이미 철저하게 머리가 잘려 나간 기형적인 군대가 되어 있었다. 루나의 이야기를 듣고 마로가 백인 부대장까지 처리하도록 지시했던 것이다. 그 작전에 동원된 세력이 바로 다크스타와 문 쉐도우, 그리고 놀랍게도 윈드스토리의 비밀의 이야기 요원들이었다.

루나는 마로가 마왕의 세력과 대항할 수 있는 유일한 구원자임을 깨닫는 순간, 자신의 수하들을 모두 움직이게 한 모양이었다.

어쨌든 몰라우 부대원들은 신묘한 진영을 펼치며 공격을 하였지만 그것을 파악하고 병사들을 움직일 수 있는 지휘관이 절대적으로 부족한 공작군이었다. 그리고 그런 상황이 불러들인 결과는 하나 밖에 없었다.

"게인 십인대장님. 대장님께서라도 지휘를 해주십시오!"

"아, 알겠다. 모든 부대원들은 일단 우측에 집결해라. 절대로 흩어지면 안 된… 크악!"

공작군들은 이렇게 필사적으로 저항했지만 겨우 십인 대장으로 수습하기에는 이미 늦어도 한참 늦은 상황이었다. 본격적인 전투가 개시된 지 겨우 한 시간 만에 공작군의 서쪽 진영은 이렇게 철저하게 무너져 내리고 있었다.

"서쪽이 벌써 정리되고 있다는 소식이다. 우리도 질 수 없다. 모두 돌격 앞으로!"

"가자! 와아아아~!"

그러한 승리의 소식은 순식간에 온 전장으로 퍼져나갔다. 그러자 동쪽을 맡은 레이몬드 경은 경쟁심이 들었는지 자신의 부대원들을 더욱 거세게 몰아 붙였다.

이들이야말로 헤이슈만 영지의 전통적인 정예군이다. 일

대일로 붙는다면 그 어떤 병사들에게도 지지 않을 자부심이 이들에게는 있었고 거기에 하늘을 찌를 것 같은 사기가 충천 된 상태였으니 공작군이 버틴다는 것은 이미 한참 무리였다.

하지만. 이 전장에서 가장 눈에 띠는 곳은 역시 마로가 있 는 중앙 쪽이었다. 이곳은 마로를 선두로 루테민과 이글스 마 법사 그리고 헤이슈만 영지의 폭풍 기사단 일백 명이 전부였 지만 싸움의 형태는 화려했다.

"파이어 볼~!"

슈아앙~ 콰콰쾅!

"으아악~!"

이글스 마법사가 사방에 마법을 날리면 공작군은 최소 수 십 명 이상씩 쓰러져 나갔다. 하지만 마로의 손속은 그 보다 더 무서웠다.

"모든 것을 파괴한다. 월파~!"

짜르르르룽~! 찌리리리링~!

"크아아악!"

겨우 단검 한 자루가 일으키는 재앙이라고는 도저히 믿을 수 없는 무시무시한 빛의 폭풍이 공작군을 강타하면 여지없 이 수많은 병사들이 생을 마감했다. 이글스 마법사의 마법은 캐스팅 시간이라도 있어 그나마 피할 시간이라도 있었지만 마로의 월파는 폭발했다 싶으면 곧바로 다음 공격이 시작될 만큼 빠르고 잔인했다.

그는 전투가 시작되기 전부터 오늘 만큼은 피를 보겠다고 결심했기에 더 그런 것인지도 모른다.

"이, 이건 인간의 능력이 아니다. 으으… 나는 악마에게 죽고 싶지 않다."

털썩… 챙그랑…….

비록 서쪽이나 동쪽에 비하면 죽은 병사의 숫자는 적었지만 가시 효과는 몇 배 이상이라 할 수 있었다. 그래서인지 중앙의 공작군은 싸움이 시작된 지 불과 한 시간도 채 되지 않아서 하나둘씩 항복하기 시작했다.

그들이 너무 쉽게 무너져 버리자 다른 진영 역시 싸움을 포기할 수밖에 없었다. 더 이상 버텨 봤자 괜히 머나먼 타향 땅에 묻히는 것이 전부임을 깨달은 것이다.

"우리가 이겼다! 만세!"

"성주님 만세!"

"우리들의 영웅 마로님 만세!"

베니무슈 공작의 정예병 오천 명이 성문이 열린지 불과 반나절 만에 무릎을 꿇었다. 그런데 이보다 더 심각한 일은 자신의 군대가 이처럼 철저하게 무너져 버렸음에도 공작은 알 길이 없다는 점이었다.

"아우— 고생했어. 그리고 정말 고마워. 오늘의 승리는 모두 아우 덕이야."

"이게 끝이 아닙니다, 형님."

전투가 대승으로 끝나고 나서 루테민은 가장 먼저 마로의 공을 칭찬했지만 마로의 표정은 그리 밝아 보이지만은 않았다.

"그, 그게 무슨 말인가? 끝이 아니라니?"

"제가 오면서 공작의 모든 정보망을 차단하긴 했지만 그건 그야말로 임시방편일 뿐입니다. 지난번 그리티안의 죽음처럼 결국 공작이 알게 될 것입니다."

"그렇겠지. 하긴 이번 패배를 알게 되면 그는 자존심 때문이라도 우리와 사생결단을 내려 하겠군. 휴우… 산 너머 산이라 이건가?"

"하지만 방법이 없는 것은 아닙니다. 우리 군사들이 공작군과의 전투를 대승한 이때, 그 여세를 몰아 아예 우리가 먼저 공작을 치러 갑시다."

"뭐라고!"

마로의 입에서 믿기 힘든 말이 나오자 루테민의 입이 딱 벌어지고 말았다. 아무리 공작군을 이겼다지만 이건 그의 세력 가운데 빙산의 일각일 뿐이다. 루테민이 알고 있기로 공작의 군사를 총집결시키면 최소한 삼만 명이 넘는다. 거기에 비하면 자신들은 기껏해야 삼천 명이 고작 아닌가. 거기에 공작군을 치러 가려면 한 달 이상 장거리 행군을 해야 한다. 이건 그야 말로 계란으로 바위치기라고 할 만큼 무모한 짓인 것이다.

"물론 우리가 단독으로 공작을 상대할 수는 없습니다. 아직 현실적으로 우리는 그의 상대가 될 수 없으니까요. 하지만 오나시스 후작과 손을 잡는다면 불가능한 것도 아닙니다."

"오나시스 후작과? 하지만 그가 우리와 손을 잡는다는 보장이 없지 않은가?"

루테민의 입장에서는 그야말로 생뚱맞은 이야기였다. 그의 집안과 후작의 집안이 원래 교류가 있던 것도 아니고 어떤 이해관계가 있던 것도 아니니 얼마나 황당했겠는가.

"제가 베니무슈 공작의 성에 있을 때 손을 써둔 것이 있습니다. 제 계략으로 인해 아마 지금쯤이면 오나시스 후작과 베니무슈 공작 양측 다 전쟁준비를 끝냈을 것입니다. 우리는 그 틈을 이용해 은근슬쩍 후작의 편을 들어 주면 되는 겁니다."

"어떻게 그런 일이……. 역시 아우는 언제나 이 형을 놀라게 하는 재주가 있구나. 어쨌든 네가 지금 우리 영지의 총사령관이니 모든 것은 네가 알아서 하여라. 이 형은 무조건 네 뜻을 따르겠다."

"형님은 성을 지키셔야 하니 저에게 정병 이천오백 명을 딸려 주십시오."

"알겠다. 또 필요한 것은 없느냐?"

마로가 없었다면 진작 이 성은 베니무슈 공작의 손에 들어 갔을 뿐 아니라 자신의 목숨도 사라졌을 터였다. 거기에 이렇게 별 희생이 없이 대승을 거두게 된 것도 모두 마로 덕이었다. 그런 마당에 루테민이 무엇을 더 망설이겠는가.

"가능하다면 이글스 마법사님을 함께 보내주시면 더욱 좋고요. 우리 영지군들의 부상을 당했을 때 가장 중요한 역할을 해줄 테니까요."

"그렇게 하마."

이렇게 해서 마로는 헤이슈만 영지군을 이끌고 다시 베니무슈 공작의 성으로 돌아가게 되었다. 그리고 진짜 전쟁은 이제부터가 시작이었다.

2

베니무슈 공작이 앞뒤 가리지 않고 전쟁을 하기로 결심한 이유는 오나시스 후작의 괘씸한 음모를 알았기 때문이다. 거기에 자신의 군대가 헤이슈만 영지에서 완전히 박살 났다는 것을 모르고 있는 상황인지라 거리낌없이 전쟁준비를 할 수 있었다.

반대로 오나시스 후작은 자신의 아들을 공작이 죽였다고 생각했으니 당연한 것이고 말이다. 그렇게 시작된 왕국 최고

권력자들의 군대는 속속들이 글그리안 평야에 모여들었다.

양쪽다 자신의 영지에서 전쟁이 벌어지지 않게 하기 위해 미리 진격한 결과였다. 워낙 대군간의 싸움이기 때문에 자신의 영지에서 하게 되면 승리를 해도 엄청난 손해가 일어날 터였다.

"각하! 시드린 백작이 인솔하는 병력 삼천이 또다시 베니무슈 공작의 진영으로 들어갔습니다. 이로써 현재 공작군은 모두 삼만 사천 명으로 늘어났습니다."

"으음… 예상은 하고 있었지만 과연 공작의 입김이 무섭긴 무섭군. 각 지방 영주들의 후원이 이리도 많을 줄이야."

본격적인 전쟁이 시작되자 수많은 귀족들의 눈치 보기 작전이 가관이었다. 일부는 공작의 편에, 그리고 또 다른 일부는 후작의 편에 섰는데 그 숫자가 비슷비슷하긴 했지만 공작 측으로 가는 귀족 수가 조금 더 많았다.

국왕은 두 가문의 전쟁을 방치할 수밖에 없었다. 양측 다 타당한 이유가 있는 데다가 왕의 입장에서는 친가와 처가라는 혈연으로 이어져 있는 사람들이라 끼어들기가 난처했던 것이다.

"각하! 샤이먼 남작이라는 자가 우리 진영 앞까지 와서 은밀히 각하를 뵙고 싶다고 합니다. 어떻게 할까요?"

"이 바쁜 상황에 그런 허접한 귀족이나 만나야겠나? 가만,

샤이먼이라고? 어디선가 들어본 이름인데… 그가 누구인지
아는 사람 있는가?"

후작은 버럭 성을 냈다가 그 이름을 되뇌어 보더니 고개를
갸웃거렸다. 후작 정도 되면 하급 귀족이라 할 수 있는 남작
까지 일일이 기억하기는 어려울 텐데 분명 어디선가 들어본
이름이라는 생각이 든 것이다.

"그는 얼마 전 베니무슈 공작의 성안에서 패션쇼를 열었던
자 입니다."

"맞아. 이제 생각나는군. 그렇다면 공작의 사람일 텐데 어
째서 날 찾아온 것이지? 일단 만나볼 테니 들어오라 하라."

다른 때 같았으면 성가시다고 만나주지 않았을 게 뻔했지
만 지금은 상황이 상황인지라 호기심이 생겼다.

"오랜만에 뵙습니다, 각하. 샤이먼입니다."

"오! 이제야 제대로 기억이 나네. 그날 패션쇼를 주관했던
청년이로군. 자네가 이런 시국에 웬일인가?"

"베니무슈 공작의 횡포에 질려 각하 편을 들기 위해 찾아
뵈었습니다. 그는 지금 제 고향을 차지하려고 혈안이 되어 있
습니다."

"자네 고향이 어디인데?"

"헤이슈만 영지입니다. 그곳의 신임 성주는 제 오랜 친구
이기도 하지요."

샤이먼이 헤이슈만 영지 사람이라는 그 한마디에 오나시스 후작의 경계심은 꽤 많이 풀어졌다. 그 역시 공작이 지금 헤이슈만 성을 공격하라 갔다는 것을 알고 있었기 때문이다.

"지금쯤이면 헤이슈만 영지는 이미 공작의 수중에 떨어졌겠군. 그래서 복수를 하기 위해 나에게 온 것인가?"

"천만에요. 그 반대입니다. 이미 공작군은 대패했습니다. 물론 공작은 아직 그 사실을 모르지만 말입니다."

"그게 사실인가? 정말로 공작이 보낸 오천 명의 대부대가 패했다는 말이냐?"

"어차피 곧 세상에 드러날 일인데 제가 무엇 때문에 거짓을 고하겠습니까? 워낙 구석진 지방 영지인지라 사람들이 잘 몰라서 그렇지 헤이슈만 성의 군사들은 실로 대단합니다. 그리고 그런 병사들 가운데서도 가장 날래고 용감한 병사 이천오백 명을 골라 그들을 이끌고 각하께 달려온 것이지요. 허락만 해 주신다면 당장 병사들과 함께 합류할 테니 저희에게 선봉을 맡겨 주십시오!"

원래대로라면 겨우 일개 남작이 선봉을 맡을 수는 없다. 이곳에는 워낙 쟁쟁한 기사들이 즐비한 데다가 그들 가운데는 백작이나 자작 정도의 높은 작위를 가진 자들도 상당했기 때문이다. 그러나 샤이먼 노릇을 하고 있는 마로와 대화를 하다 보니 후작의 마음이 조금 움직였다. 무엇보다 공작군을 물리친 헤이슈만 영지군이라는 대목이 끌렸던 것이다.

"자신있는가? 만에 하나 선봉으로 나섰다가 패하게 되면 군법으로 엄하게 다스려 질 것이니 잘 생각하고 말하라."

"맡겨만 주십시오. 통쾌한 첫 승을 안겨 드리겠습니다."

그가 선봉에 나서려는 이유는 한 가지 때문이었다. 바로 통쾌한 복수를 하고 싶었던 것이다. 이곳에만도 근 삼만 명의 후작군이 모여 있는데 그저 뒷전에서만 싸우게 되면 공작의 얼굴조차 보기 힘들 게 뻔했다. 그러나 선봉에 나서서 첫 승을 하게 되면 순식간에 주목을 받게 될 것이고 그렇게 되면 복수의 기회가 많아질 것이다.

마로에게 있어서 베니무슈 공작은 헤이슈만 성의 원수이자 자신의 부모를 해친 마왕의 졸개라 할 수 있었다. 그 어느 쪽이든 용서할 수 없는 자임에는 분명했다.

"저자의 말을 무시하십시오, 각하. 원래 서전은 그 무엇보다 중요한 전투입니다. 아군의 사기가 서전의 결과에 따라 좌우되기 때문입니다. 우리 군에는 실력있는 지휘관이 수없이 많은데 어디 감히 저런 애송이가 설치게 할 수 있겠습니까?'

"루비안 백작의 말이 옳습니다. 차라리 저를 선봉에 세워 주십시오."

"저 역시 선봉에 선다면 반드시 승리를 가져다 드리겠습니다."

오나시스 후작의 지휘 막사 안은 그야말로 벌집 쑤셔놓은 듯 소란스러워졌다. 후작의 기사들이 서로 공을·탐했기 때문이다.

"모두 조용히 하라!"

"······."

"어차피 첫 전투는 탐색전의 성향이 더 강하다. 그런 만큼 그 먼 곳에서부터 달려온 이 의기 넘치는 젊은이에게 기회를 줄 만하다. 물론 아무리 그렇다 해도 패배는 용납하지 않을 터. 다시 묻겠다. 목을 내놓고 해보겠는가?'

"지게 되면 제가 스스로 목을 자르겠나이다."

"허락한다."

세상 사람들은 오나시스 후작을 그저 여동생을 잘 둬서 출세한 인물로 생각한다. 하지만 그의 측근들의 생각은 전혀 달랐다. 그는 충분히 매력 있는 주군이었으며 결단력이 빠른 데다가 강력한 추진력을 가진 카리스마 넘치는 진정한 지도자였다. 그리고 그의 그런 면모가 이번에도 잘 나타나고 있었다.

비록 샤이먼이 지방 하급 귀족에 불과하지만 그의 태도에서 충만한 자신감을 읽을 수 있었다. 이런 자신감은 그저 어린 치기에서 비롯되는 자신감이 아니라 수많은 실전을 통해 얻어지는 것 또한 알았던 것이다.

그렇게 선봉이 결정되자 이후 그의 기사들은 모두 입을 다
물었다.

3

선봉으로 나선 마로와 헤이슈만 영지의 병사들은 그야말
로 사기가 하늘을 찔렀다. 그들은 겨우 이천오백 명에 불과
했지만 기세는 공작의 삼만 오천 병사들 보다 더욱 드높았다.

"나는 헤이슈만 성에서 온 벤자민 드 샤이먼이다. 우리 성
을 넘본 대가를 받기 위해 왔으니 베니무슈 공작은 나의 검을
받으라."

"저, 저런 괘씸한 놈! 우리 집에서 먹여주고 재워줬던 놈이
감히 날 배신해? 누구 당장 저 어린놈의 목을 따올 자 없는
가!"

"제가 처리하겠습니다."

"오, 그래. 탄드로 경이라면 믿을 수 있지. 경이 가서 저놈
의 목을 가져오너라!"

"네!"

대군과 대군이 만나게 되면 서로 눈치를 볼 수밖에 없다.
결정적인 찬스가 드러나기 전까지는 서로 형세 판단을 하며
사기를 높이는데 주력하게 마련. 통상 선봉장이 나서도 이처

럼 지휘관들의 일대일 전투가 많이 일어날 수밖에 없다. 지금 공작의 눈에 들기 위해 나선 탄드로라는 자는 자작의 작위를 가진 자로서 검술의 경지가 상당한 수준으로 알려져 있었지만 늘 운이 없어 뒷전으로 밀렸던 자였다. 그렇기에 이번 전쟁에 임하면서 무슨 수를 써서라도 눈에 띌 것을 각오했다.

"애송이. 나는 갈렙 지방의 탄드로라 한다. 감히 여기가 어디라고 설쳐대는가!"

두두두두.

"타핫!"

탄드로가 거만을 떨며 이렇게 떠들고 있을때 마로는 다짜고짜 앞으로 말을 달렸다. 물론 오른손에는 검을 치켜 든 채였다. 그리고 순식간에 탄드로 앞에 도착하더니 그대로 검을 휘둘렀다.

"……."

"……."

뭐가 어떻게 된 것인지 사람들은 알 수가 없었다. 단지 마치 모든 것이 정지된 것처럼 방금전 소리를 지르던 탄드로는 입을 굳게 다문 채 꼼짝도 하지 않았고 마로는 그를 지나친 상태에서 가만히 있었다. 그런데…….

"저, 저기…….

"헉!"

툭, 떼구르르…….

황당무계하게도 멈춰 있던 마로가 다시 자신의 진영 쪽으로 말을 돌리자 그때 탄드로의 목이 떨어져버리지 않은가. 대체 언제 그의 목을 잘랐는지 그 누구도 보지 못해 사람들의 놀라움은 더욱 컸다.

"저, 저렇게 빠른 검이 있다니……! 커험~! 어서 저놈을 처리해라. 저대로 두면 아군의 사기가 떨어진다."

"제가 처리하겠습니다, 각하!"

"어서 가라, 텐션 경."

"네!"

이번에는 공작군의 기사들 가운데서도 열손가락 안에 드는 막강한 실력자가 나섰다. 그러나…….

"크헉! 마, 말도 안… 돼……."

그 역시 단 한 번의 칼질로 허무하게 심장이 관통되었다. 그러자 글그리안 평야 전역에 사기가 한껏 오른 오나시스 공작군의 함성이 울려 퍼지기 시작했다.

"와아아아~! 샤이먼 남작 만세!"

"무엇들 하느냐. 누구든 어서 저 재수없는 어린놈을 죽여라!"

그 소리가 공작의 분노를 더욱 부채질했다. 그랬기에 그의 예하 기사들은 앞을 다투어 마로를 죽이기 위해 나섰지만 그러면 그럴수록 희생자만 늘어갔다.

마로는 두 번 칼질을 하지 않았다. 단 한 수에 내로라하는 기사들의 목을 잘랐으며 심지어 두세 명이 한꺼번에 달려들 때도 단 한 번의 칼질로 그들을 잠재웠다.

"저, 저건 신의 솜씨다. 우리 왕국에 신검이 등장했다!"

그렇게 무려 스무 명이 넘는 기사들을 처리하고 나자 더 이상 앞으로 나서는 자가 없었다. 아무리 용감한 기사들이라 해도 목숨은 소중한 법인 데다가 마로가 보여주는 솜씨가 상식을 벗어나자 겁이 난 것이다.

화려한 오러 블레이드를 뿜어 올리는 것도 아닌데도 그는 오러 블레이드까지 끌어올린 소드 마스터까지 죽였다. 이는 대륙 역사상 그 어디서도 들을 수 없는 괴사였고 그로 인해 사람들은 그를 일컬어 신검이라 부르기 시작했다.

"더 이상 나서지 말고 모두 한꺼번에 공격해라! 저 지긋지긋한 놈을 빨리 죽이란 말이다!"

"알겠습니다. 모두 샤이먼 남작을 죽이자! 돌격 앞으로!"

"와아아아~!"

결국 무려 일백 명이나 되는 기사들이 동시에 말을 치고 달려 나갔다. 이들은 공작이 늘 자랑스럽게 여겼던 실버 울프 기사단이다. 아직까지 단 한 번도 패배하지 않았던 무적의 기사단이 단 한 사람을 노리고 달려드는 것이다.

"전투는 결코 숫자 놀음이 아니지. 내 오늘 너희들에게 그 것을 깨닫게 해주마. 간다! 그레이트 월파~!!"

끼이이잉~ 챠르르르… 파파파팟~!!

"끄악!"

"켁!"

"인간이… 아니다……. 커헉!"

창안한 이후로 하루가 다르게 발전해온 그의 단검술이 마침내 궁극에 도달한 모습으로 세상에 등장했다. 즉, 한 단계 업그레이드된 월파가 실버 울프 기사단을 휩쓴 것이다. 원래의 은파는 일반 병사들 다수를 상대할 때는 몰라도 마나를 다룰 줄 아는 기사들을 상대하기에는 무리가 많았었다. 그러나 그레이트 월파라 명명한 이 수법은 기사들마저 막을 수 없는 막강한 위력을 선보였다.

이 단 한 수에 무려 삼십여 명이나 되는 기사들이 피를 뿌리며 죽어간 것이다. 거기에 또다시 사십여 명 정도는 큰 부상을 입었고 남은 삼십 명도 크고 작은 상처를 입었다. 한마디로 이제 더 이상 실버 울프 기사단은 존재하지 않게 된 것이다.

하지만 이런 참혹한 결과보다 더 경악스러운 일은 따로 일어나고 있었다.

"갑자기 이 안개는 뭐지? 으으……."

"흐흐……. 잘 가라."

슈칵!

"커헉!"

모두들 긴장한 눈으로 마로와 실버 울프 기사단을 보고 있을 때 갑자기 검은 안개가 깔렸다. 그러더니 검은 그림자 하나가 베니무슈 공작을 베어버렸다.

"암습이다! 각하께서 당하셨다. 어서 주변을 차단하라!"

"저쪽이다. 어쌔신이 저쪽으로 간다! 잡아라!"

블랙 포그와 함께 등장할 어쌔신은 아울라 밖에 없을 터. 그가 암습을 했다면 실수할 리가 없다. 분명 정확히 급소를 찔렀을 것이다. 이미 공작의 주변 기사들이 울먹거리며 소리치는 것으로 보아 그가 위독하다는 것을 짐작할 수 있었다.

"이럴 수가……. 각하, 각하! 정신 차리십시오."

"크흐흑. 아무래도 돌아가신 것 같소이다. 맥이 뛰질 않소."

"그, 그럴 리가. 우리 각하께서 그렇게 쉽게 돌아가실 리가 없소! 어서 사제님을 불러오시오!"

맥이 뛰지 않는다는 것은 통상 죽음을 뜻했다. 하지만 그 누구도 그의 죽음을 선뜻 받아드리지 못했다. 워낙 평소 그의 그림자가 거대했기 때문이리라. 그런데 바로 그때…….

투둑… 드드드드…….

"애송이놈이……. 감히 나의 깊은 잠을 깨우다니……! 으으… 갈기갈기 찢어 죽이리라. 끄아아아아~!"

정녕 기가 막히게도 죽은 것처럼 늘어져 있던 공작의 몸이 점점 부풀어 오르더니 입고 있던 옷이 뜯어져 나감과 동시에 터질 것 같이 육중한 근육질의 몸이 튀어나오는 게 아닌가.

그자는 빨개진 눈알을 번들거린 채 이렇게 소리를 지르더니 곧장 마로를 향해 날아갔다.

그리고 신화의 마지막 기록은 그렇게 시작되었다.

에필로그

그렇게 시간이 흘렀다.

글그리안 평야의 대회전 이후 마로는 신검이라는 칭호와 함께 세상에 우뚝 섰다. 그날 사람들에게 전해지는 이야기로는 신검이 공작의 탈을 쓰고 있던 악마를 물리친 영웅으로 그려졌으며 그로 인해 그는 실로 대단한 영웅으로 거듭나게 되었다.

"이분이 드벨리안 백작이시죠?"

"오오… 정말 고맙소, 신검. 그대가 내 아들을 구해주었구려."

그는 오나시스 후작에게 그의 아들이 베니무슈 공작의 손아귀에 잡혀 죽을 뻔한 것을 자신이 구해서 치료해준 것으로 포장했다. 그러자 후작은 눈물까지 흘리며 몇 번이나 고맙다고 고개를 조아려 생각보다 부정이 강함을 알 수 있었다.

　"정말 두껍군요. 본인이 그를 반병신 만들어서 감금해 놓았으면서 마치 구한 것처럼 생색을 내시다니요. 호호……."

　"그래서 세상은 재미있는 것 아니겠어? 어쨌든 후작 자신이 스파이를 활용해 술수를 부리지 않았다면 그런 함정에 걸릴 일도 없었으니 피장파장이라 할 수 있지. 하하하."

　후작이 돌아간 후 루나가 나타나 이렇게 꼬집어 말하자 마로는 태연한 얼굴로 이렇게 대꾸했다. 만에 하나라도 이 모든 것이 마로의 음모였음을 알았다면 오나시스 후작은 입에 거품을 물고 달려들었을 지도 모른다.

　"당신은 제가 녹음을 해온 순간부터 이런 상황까지 염두에 두었던 것인가요?"

　"그 녹음을 듣는 순간이 정말 중요했지. 그것이 없었다면 공작을 철저하게 무너뜨리지 못했을 거야. 그리고 이후 후작의 아들을 이용하려는 생각은 다른 문제 때문이었지."

　"다른… 문제요?"

　마로가 심각한 표정으로 이렇게 말하자 루나 역시 조심스럽게 물었다.

"그래, 앞으로 영지를 다스려야 할 루테민 형님에게 힘을 실어주려는 목적이 컸거든. 그대가 알고 있듯 나는 앞으로 더 큰 싸움을 해야 해. 그러려면 형님과 미유리 누이가 편해야 내 마음도 편하지. 이제 곧 후작이 힘을 써서 루테민 형님이 정식으로 백작 위와 성주임을 인정받게 될 거고 그때쯤 되면 성도 안정이 될 거야."

"이럴 때 보면 당신은 정말 존경스러워요. 어쩜 그렇게 생각이 깊은지 놀라울 따름이에요."

"이럴 때만 존경스럽나?"

"평소에는 어리광 심한 장난꾸러기 같거든요. 호호호."

아무런 거리낌없이 웃는 루나의 모습은 너무나 매혹적이고 아름다웠다. 그래서인지 마로는 자신도 모르게 그녀를 와락 끌어안고 말았다.

"어머! 왜, 왜 이러세요?"

"당신은 참 괜찮은 여자야. 누구에게 절대 주기 싫을 만큼."

마로가 이렇게 말을 하며 그녀의 입술을 천천히 점령해갔다. 그러자 그녀는 처음엔 은어가 파닥거리듯 반항의 몸짓을 보였지만 금방 잠잠해지더니 결국 자신도 모르게 양팔을 들어 마로의 목을 힘껏 끌어안았다.

그렇게 잠깐인지 영원인지 모를 황홀한 시간이 흘러갔다.

"나는 그날 공작을 통해 난 마침내 어머니를 죽인 흉수를 알아냈다. 그들은 베니무슈 공작에게 비할 바가 아니었어. 훨씬 강하고 무서운 자들이라 할 수 있지. 그리고 무엇 보다 그들은 이곳이 아닌 제국 안에 거대한 세력을 구축하고 있더군."

"제국이라고요?"

"그래. 이 싸움은 언제 끝날지 몰라. 그런데도 나와 함께 해줄 수 있겠어?"

와락~!

"어차피 당신을 처음 만날 때부터 저는 이미 예감했어요. 이 남자에게서 떠나지 못할 것 같은 그런 예감을요. 그리고 당신의 정체를 아는 순간, 제 모든 인생을 걸기로 결심했죠. 설혹 당신을 따르다가 죽는 한이 있어도 그건 제 운명일 뿐이에요."

루나는 마로의 품에 안겨 이렇게 고백했다. 그런데 바로 그때……

"휴우… 영감님들 어서 나오시죠? 나이가 몇이신데 거기 숨어서들 보십니까?"

마로가 인상을 팍팍 구기며 허공 한편을 노려보더니 이렇게 말하는 게 아닌가. 그러자 놀랍게도 빈 허공에서 갑자기 두 명이나 되는 노인네들이 뚝 떨어져 내렸다.

짝짝짝!

"역시 루나 양은 우리 문 쉐도우의 안주인이 될 자격이 있어. 안 그렇소? 어르신. 클클."

"아울라님의 말씀이 맞소. 제가 봐도 루나 양은 우리 도련님의 최고 신붓감이오."

한 사람은 늘 마로 곁을 맴도는 아울라였고 또 한 사람은 놀랍게도 마로에게 검술을 전수해준 어르신이었다.

그랬다. 애초부터 어르신은 사라진 것이 아니라 언제나 마로 인근에 숨어 있었던 것이다. 공작이 마로의 손에 죽던 날, 그는 마로 앞에 나타나서 의외의 일을 밝힌 바 있었다.

"제가 바로 다크스타의 주인입니다. 아니, 이제 도련님께 물려드려야 하니 도련님께서 주인이 되겠지만."

경이롭게도 지난 이십 년간 그렇게 은밀하게 활동했던 다크스타는 바로 어르신이 만들어낸 단체였던 것이다. 그는 마로 곁을 떠나지 않고 이런 식으로 그를 보호하고 시험하고 했던 모양이다. 물론 이때는 이미 마로가 과거의 영웅의 아들임과 자신이 그 영웅의 충실한 종복이었음도 밝힌 뒤였다.

"그런데 총수님. 성에 계신 그 예쁜 누이는 또 언제 꾄 겁니까? 이 늙은이가 볼 때 그분도 총수님께 마음을 몽땅 준 것 같던데…….”

“원래 영웅은 부인을 여러 명 두는 것이 낫긴 합니다. 만에 하나 그때 주인님께서 다른 부인을 또 두었다면 오늘날 우리 도련님께서 복수하기가 훨씬 쉬웠을 것입니다. 다른 형제들과 함께 싸울 수 있었을 테니까요. 하지만 어쩐지 우리 도련님께서는 검술에서만 제일좌가 되실 게 아니라 왠지 여자 문제에서도 제일좌가 되실 것 같은 불길한 예감이 드는군요.”

두 노인네가 갑작스럽게 나타나서 이렇게 떠들자 루나의 얼굴은 새빨개졌다. 아니, 마로의 얼굴도 어느새 조금 빨개진 것 같았다.

“둘 다 그만 떠들고 어서 당장 사라지십시오. 그렇지 않으면 잠시 후 저에게 노인을 공경할 줄 모르는 나쁜 놈이라고 이야기할 지도 모릅니다.”

“알겠습니다. 얼른 사라져 드리지요. 하지만 도련님, 혼인식도 올리지 않고 속도위반할 생각은 하지 마십시오. 그건 돌아가신 어머님께서 좋아하지 않으실 겁니다.”

“옳소! 역시 사내는 책임질 행동만 해야 하지요. 클클…….”

“당장 사라지지 않을 거요!”

휘리리릭~!

결국 참지 못한 마로가 소리를 지르자 두 노인네는 부리나케 사라져갔다. 하지만 마지막 한마디는 잊지 않았다.

"루나 양~! 늑대를 조심하시오!"

"혼인 서약서에 도장부터 찍고 몸을 허락해야 함을 잊으면 안 돼요~!"

그렇게 다 사라지고 나자 마로는 품에서 떨어졌던 루나를 다시 얼른 끌어당겼다.

"원수를 갚다가 죽을 지도 모르는데 우리도 후사를 만들어 놔야 하지 않겠소?"

"그, 그게 갑자기 무슨 말씀이세요?"

"그냥 전부 이 오빠한테 맡기면 되오. 이리 오시오. 나의 사랑……."

"안되는데……. 정말 안… 되는데……. 안… 아니, 되는데… 어머… 아, 아파요!"

밤은 점점 깊어가고 있었고 두 사람은 계속해서 뭔가에 열중하고 있었다. 마로는 충동적으로 이러는 것이 아니었다. 단지. 막상 원수를 알아내고 나니 다른 것은 몰라도 후사는 꼭 만들어야 한다는 생각이 들었던 것 같았다. 게다가 상대는 그동안 힘겹게 아닌 척했지만 그가 첫눈에 반해 버린 루나였기에 더욱 절실해졌는지도 모른다.

글그리안 평야로 부는 봄바람은 보리를 쓸며 파도를 이룬다. 그곳에서 있었던 모든 피들도, 병장기의 울림도 이제는 푸른 보리를 따라 싸하니 휩쓸려갔다. 그저 그 한가운데에 움푹 패인 곳에서만 그곳의 마지막 장면을 떠올릴 뿐이었다. 하지만 신화의 시대는 이제 시작일 뿐이었다.

『제일좌』 완결

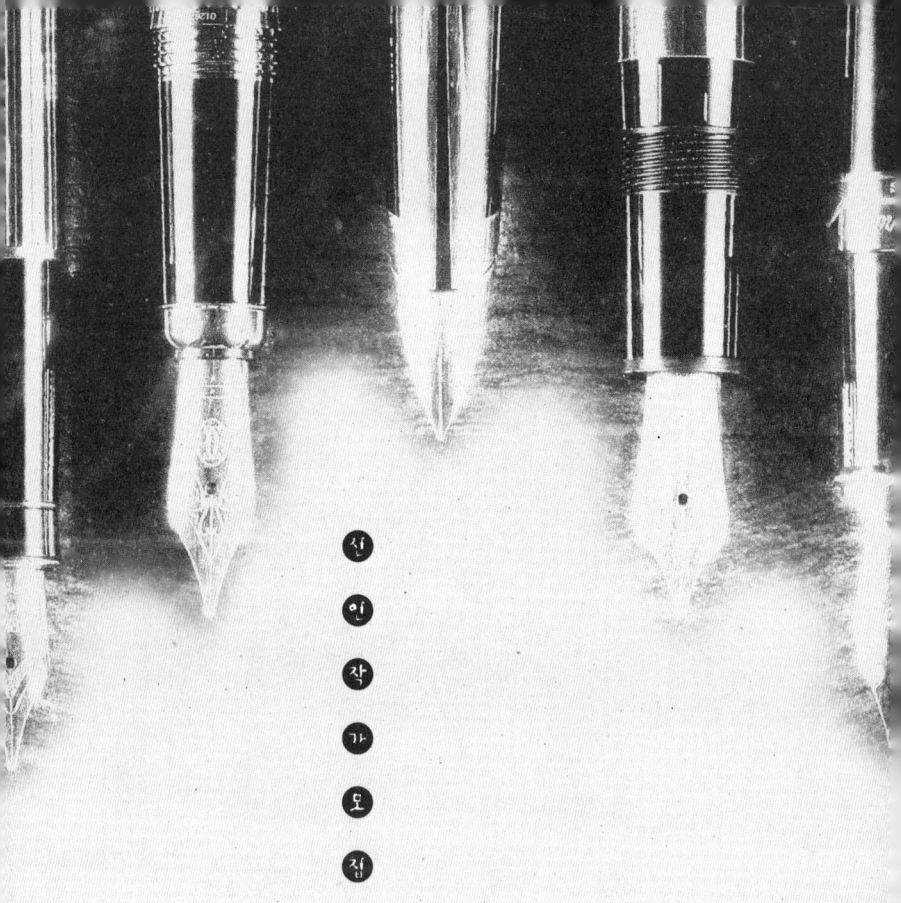

신인작가모집

시작이 반이라고 했습니다.
작가의 길에 대한 보이지 않는 벽을 과감히 깨뜨리십시오!
청어람은 작가 지망생 여러분들의
멋진 방향타가 되어드리겠습니다.

저희 도서출판 청어람에서는
소설 신인 작가분들을 모집합니다.
판타지와 무협을 사랑하시는 분들의 많은 참여를 바랍니다.
소정의 원고(A4용지 150매)를 메일이나 우편으로 보내주시면
검토 후 출판 여부를 알려드리겠습니다.

주소:경기도 부천시 원미구 심곡2동 163-2 서경B/D 2F 우편번호 420-822
TEL:032-656-4452 · **FAX**:032-656-4453
http://**www.chungeoram.com**
e-mail:chungeoram@chungeoram.com

독경 壽經

허담 新무협 판타지 소설

만 가지의 독 중 가장 무서운 독은
심독(心毒)이라…….
심독을 다루는 자 천하를 얻게 되리라.

인연의 풍랑에 휘말려 바람 같은 삶이 소년 허소산 앞에 펼쳐진다!
은원의 고리를 끊고 대자유의 세계를 찾아 항해하는 그 모험의 끝은!

Book Publishing CHUNGEORAM

유행이 아닌 자유추구 -
WWW.chungeoram.com

Dragon order of FLAME 폭염의 용제

김재한 판타지 장편 소설

「사이킥 위저드」, 「마검전생」의 작가 김재한!
그가 그려내는 새로운 액션 히어로가 찾아온다!

모든 것을 잃고 복수마저 실패했다.
최후의 일격마저 막강한 레드 드래곤 앞에서 무너지고,
죽음을 앞에 둔 그에게 찾아온 또 하나의 기회!

"네 운명에 도박을 걸겠다."

과거에서 다시 눈을 뜬 순간,
머릿속에 레드 드래곤의 영혼이 스며들었을 때,
붉은 화염을 지배하는 용제가 깨어난다!

강철보다 단단한 강체력을 몸에 두른
모든 용족을 다스리는 자, 루그 아스탈!

세상은 그를 '폭염의 용제'라 부른다!

Book Publishing CHUNGEORAM

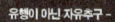
유행이 아닌 자유추구 -
WWW.chungeoram.com

1월 0일

진호철 장편 소설

살아진다고 사는 것이 아니다.
스스로 살아야만 진정한 삶이다!

우주의 법칙마저 뛰어넘은 미증유의 힘, 반물질과의 만남.

**1월 0일, 운명이 격변하는 날!
오늘은 새로운 삶의 시작이다!**

Book Publishing CHUNGEORAM

유행이 아닌 자유추구 -
WWW. chungeoram.com

黃龍亂神
황룡난신

무황 新무협 판타지 소설

『무황학사』 일황 작가의
2012년 벽두를 여는 신작!

어백 년 만의 귀문. 그러나 그가 목도한 것은 폐허처럼 변해 버린 문파!
다시 돌아온 자운의 무공이 광풍처럼 몰아친다!

"누가 우리 황룡문을 이렇게 만든 것이냐!"

황룡문을 건드리는 자, 나의 검이 용서치 않을 것이다!

천하제일검 스승과 대사형의 꿈을 이루는 그날!
잠들었던 황룡이 다시 하늘을 뚫고 솟을지니.

부숴라, 답답한 지금을!
파괴하라, 앞을 막아서는 적들을! 날아올라라, 황룡이여!

Book Publishing CHUNGEORAM

유행이 아닌 자유추구 -
WWW.chungeoram.com